René Sommer

Das große Erkunden

AF282481

Zuletzt erschienen:

Die Wolkengondel. short stories. ISBN: 978-3-7597-7605-1

Murmeln in der Wurzelbucht. short stories. ISBN: 978-3-7583-7486-9

Mit den Händen ein Herz. short stories. ISBN: 978-3-7392-3041-2

Tropfenklang aufs Tamburin. short stories. ISBN: 978-3-7583-0268-8

René Sommer

Das große Erkunden

short stories

Bibliografische Information der Deutschen Nationalbibliothek:
Die Deutsche Nationalbibliothek verzeichnet diese
Publikation in der Deutschen Nationalbibliografie;
detaillierte bibliografische Daten sind im Internet über
https://www.dnb.de abrufbar.

Editor Factory: ib-lyric
Author Photo: Erika Koller
Cover Image: Itta Beaux

Verlag:

BoD · Books on Demand GmbH, In de Tarpen 42,

22848 Norderstedt, bod@bod.de
Druck:

Libri Plureos GmbH, Friedensallee 273, 22763 Hamburg

ISBN: 978-3-7597-4387-9

Inhalt

Das Wettschwimmen

Golo spaziert durch den Wald. Er findet eine Gitarre, stimmt sie und erfindet einen Song. In dem Song kommen 4 Freunde vor, die durch dick und dünn zusammenhalten. Er spielt diesen Song. Ein Mann hört ihn, fragt, ob er ihn begleiten darf. Er hat eine Bassgitarre. Sie gehen zu seinem Haus mit einem Proberaum im Anbau, üben den Song. Es kommen 2 weitere Musiker dazu. Sie bilden ein Gitarrenquartett. Der Song kommt immer deutlicher heraus. Sie gehen in die Stadt, spielen ihn auf der Straße. Die Menschen bleiben stehen, klatschen, wollen den Song immer wieder hören. Doch die Band spielt ihn nur einmal. Dann zieht sie weiter, tritt in einer anderen Straße auf. Als sie die Straßen und Plätze bespielt haben, kehren sie in den Proberaum zurück. Jedes Bandmitglied steuert neue Songs bei. Es kommt ein Programm zustande. Sie gehen auf eine Bühne, tragen die Songs dem Publikum vor. Die Menschen sind begeistert. Die Musik kommt an. Golo und seine Freunde gehen auf Tournee, machen die Menschen in verschiedenen Städten glücklich. Sie entwickeln eine tiefe Freundschaft, verstehen sich auf Anhieb gut. Sie sind nicht nur in den Songs, sondern auch im Leben Freunde. Wenn sie nicht üben oder auftreten, besprechen sie ihre Freundschaft. Was verbindet uns? Warum geht es so gut zusammen? Dabei fallen ihnen immer neue Ideen zu Songs ein, in denen sie die Freundschaft besingen. Golo und seine Freunde entwickeln einen eigenen Stil, der die Musik und das Texten ganz neu aufleben lässt. Sie reisen in der Welt herum, um ihre Musik zu den Menschen zu bringen. Ihre Freundschaft wird enger. Sie sind ein unzertrennliches Kleeblatt geworden. In einer Stadt sagt eine ortskundige Frau: „In dieser Straße ist ein Musiker geboren worden." Sie nehmen die Anregung auf, tragen sie in einen neuen Song. Plötzlich fragt einer: „Habe nicht ich die Idee zu diesem Song gehabt?" Die anderen Bandmitglieder warnen vor Fragen dieser Art. Schon längst ist ihre Zusammenarbeit so sehr verdichtet, dass sie sich nicht mehr auseinanderhalten lässt. Der Musiker beharrt darauf. Sie kommen ins Reden und Diskutieren. Sie gehen auseinander. Jeder erfindet den Song über das Geburtshaus auf seine Weise und macht den Auftritt allein. Golo trägt die Gitarre in den Wald zurück, spielt nochmals den Song von den 4 Freunden. Dann geht er weiter, begegnet einem Mann. Er zeigt ihm einen kleinen Pfeil. „Wenn ich ihn hinters Ohr stecke, gelten die Einkaufstage als eröffnet." Mit diesen Worten schiebt er den Pfeil hinter das Ohr. Die Menschen sehen es und rennen in die Warenhäuser, die nun 3 Tage lang ununterbrochen offen sind. Um die Menschen bei der Stange zu halten, sind die Preise herabgesetzt. „Nie kommen wir so günstig zu einem Teppich wie heute", sagt die Frau und eilt mit ihrem Mann in ein Teppichgeschäft, wo Ausverkaufsstimmung herrscht. „Es macht Spaß, heute einzukaufen", sagt eine junge Frau, und stürzt sich auf die ausgelegten Fußmatten.

Bei einer Straße gibt es eine Absperrung. Die vielen

Menschen, die sich andrängen, schieben die Gitter beiseite und drücken sich durch. Es geschieht jedoch nichts weiter. Niemand hat ein Interesse, die Menschen aufzuhalten. Großer Andrang herrscht beim Geschäft, das Sonnenschirme in der Auslage hat. Hier greifen die Menschen fröhlich zu und tragen ihren Schirm nach Hause.

Ein kleiner Weg führt Golo aus der Stadt. In der Nähe schreitet eine Gruppe Flüchtlinge über die Grenze. Ein junger Mann hält die Kinder bei Laune. Er muntert sie auf, imitiert Tiere, bringt sie zum Lachen. Die Menschen sind froh, dass er sich um die Kinder kümmert. Ein Mann fragt Golo, wo es Hilfe gibt. Er weist aufs Rathaus in der Stadt. „Dort findet ihr Unterstützung."

Der Mann dankt, und die Gruppe hält auf die Stadt zu.

Golo kommt am Haus einer Frau vorbei. Sie sitzt im Garten und streicht auf ihrem Block Notizen durch. „Das habe ich alles erledigt."

- „Kannst du die Notizen später nicht wieder verwenden?" erkundigt sich Golo.

„Das wäre schon möglich", sagt sie, „aber es macht Spaß, das Erledigte durchzustreichen und Raum für Neues zu schaffen."

Golo findet einen Weg, der durch eine Blumenwiese zu einem alten Haus führt. Eine Frau tritt zu ihm heraus ins Freie. „Ich studiere die Geschichte meines Hauses ganz genau und bereite einen Vortrag vor. Die Geschichte führt weit zurück. Das Haus hat viel erlebt. Das versuche ich dann möglichst anschaulich zu schildern."

Golo wünscht ihr gutes Gelingen.

Er trifft auf seinem weiteren Weg einen Gitarristen. „Willst du mein Freund werden?"

Golo sagt: „Ja", ohne zu überlegen. Sie gehen ein wenig nebeneinander. Der Gitarrist erzählt: „Für mich ist das Spiel auf der Gitarre alles." Bei einer Abzweigung wählt der Gitarrist das Sträßchen, das zur Stadt hinunterführt, während Golo weiter bergwärts geht.

Ein Mann kommt ihm entgegen. „Ich wohne in einem sehr alten Haus."

Golo erzählt ihm von der Frau. „Sie sammelt alle Geschichten um ihr Haus, wird einen Vortrag halten. Du könntest auch versuchen, ob du fündig wirst. Sicher kannst du über die früheren Besitzer Erkundigungen einziehen."

- „Das will ich gerne tun", verspricht der Mann. Er zeigt Golo den Hausschlüssel, den er an einem Halsband trägt. „Er ist wertvoll, aus reinem Gold." Der Mann ist stolz auf den Schlüssel. „Wer hat schon einen Hausschlüssel aus Gold?"

Golo gibt ihm recht. „Was hat dich bewogen, einen goldenen Schlüssel zu nehmen?"

- „Das war der vorige Besitzer. Er hat den Schlüssel anfertigen lassen. Dann warf er ihn über die Schulter und sagte: Wer ihn auffängt, bekommt das Haus", erzählt der Mann, „es waren viele Bewerber. Ich stand günstig, konnte den Schlüssel gleich fangen und erhielt das Haus zu einem günstigen Preis." Der Mann führt Golo zum alten Haus. „Was es sehenswert macht, sind die umlaufenden Galerien innen und außen."

Er schließt mit dem goldenen Schlüssel die Tür auf, führt Golo über die Galerien. „Ich zeige sie dir gern." Von der äußeren Galerie hat man einen Ausblick auf den etwas verwilderten Garten. Dann begleitet der Mann Golo zum Weg. „Ich hoffe, der kleine Rundgang hat dir gefallen", sagt der Mann.

Golo sagt: „So eine Galerie sieht man nicht alle Tage. Die Holzwände und die Balken sind so gut wie neu."

- „Ich weiß eben, was ich an meinem Haus habe. Pflege ist alles. Da scheue ich keine Mühe", verkündet er voller Stolz. Er wirft den goldenen Schlüssel in die Luft und stürzt sich darauf. „Ich bin immer noch gut im Fangen."

Golo geht weiter bergan, kommt zu einem kleinen Haus. Dort wohnt eine Frau. Sie schaut aus dem Fenster, grüßt Golo und kommt zu ihm. „Ich suche eine große Küche. Ich habe vor, aus allen Beeren meines Gartens Konfitüre zu machen. Hilfst du mir suchen?"

Sie gehen stadteinwärts, treffen einen Mann. Die Frau fragt ihn: „Hast du eine zweite Küche?"

Er lächelt. „Ich habe 3 Küchen. Und sie sind alle sehr groß. Benützen kann ich nur eine."

Die Frau erkundigt sich. „Würdest du mir eine zur Verfügung stellen?"

- „Das ist doch selbstverständlich", erwidert er, „ich zeige sie dir gerne." Er führt sie zu seinem großen Haus mit 2 Flügeln. In jedem Flügel befindet sich eine Küche. Die Frau betrachtet den Kochherd und die Ablageflächen. „Diese Küche ist ideal für mein Projekt."

Der Mann reicht ihr einen Schlüssel. „Dann wünsche ich dir gutes Gelingen." Die Frau geht nach Hause, lädt die Körbe voll Beeren auf einen Handwagen, schiebt ihn zur Küche im Hausflügel. Golo verabschiedet sich. „Ich bin froh, dass es mit der Küche geklappt hat."

Die Frau dankt ihm für die Hilfe beim Suchen, beginnt mit Kochen. Golo findet einen Weg, der ins Herz der Stadt führt. Er begegnet einem Mann, der ihn freundlich grüßt. „Ich suche meine Freundin, kann sie am Handy nicht erreichen."

- „Wo wohnt sie?" fragt Golo.

Der Mann tritt von einem Bein aufs andere. „Ganz am anderen Ende der Stadt."

- „Da gehen wir hin", schlägt Golo vor, „und schauen bei ihr rein. Vielleicht hat sie viel zu tun und kann den Anruf nicht annehmen."

Sie gehen durch die Stadt. Der Mann sagt: „Sie hat immer furchtbar viel zu tun."

An der Straße mit einer langen Häuserreihe liegt ihr Haus. Der Mann geht an die Klingel, drückt einen Knopf. Ein Fenster fliegt auf. Eine Frau beugt sich vor. „Ich habe deinen Anruf gesehen und komme zu dir hinunter. Es dauert nur eine Sekunde."

Der Mann dreht sich nach Golo um. „Dein Tipp war hilfreich."

Golo zieht sich schnell zurück. „Nun wünsche ich dir viel Glück." Golo verlässt die Stadt und findet einen Weg, der durch eine Blumenwiese führt. Bienen summen, fliegen zu den Blüten. Er kommt zu einem Baumgarten, wo ein Bienenkasten steht. Ein Imker sagt: „Ich würde am liebsten mehr Kästen haben, aber ich weiß nicht, wer mir mehr anbietet."

Golo erwidert: „Ich könnte mich ja mal umsehen und umhören. Vielleicht gibt es Imker, die gern einen Kasten loswerden möchten."

Er folgt dem Weg weiter, sieht eine Frau, die den Schlitz eines Bienenkastens schließt. „Ich möchte den Kasten verschenken. Viele Jahre habe ich mich mit den Bienen beschäftigt. Jetzt würde ich gern damit aufhören."

Golo weiß Rat: „Wir können deinen Kasten einem Mann bringen, der mehr Kästen wünscht. Er lebt ganz in der Nähe."

Die Frau holt einen Handwagen, lädt den Kasten auf. Golo führt sie zum Mann, der ihn hocherfreut ablädt und in seinem Baumgarten aufstellt. „Nun sieht es mit den Bienen schon etwas ansehnlicher aus. Gern hätte ich noch mehr."

- „Vielleicht hast du Glück, und es gibt noch mehr Leute, die ihren Kasten abgeben möchten", nimmt Golo an.

Er macht sich wieder auf den Weg, schlägt bei einer Verzweigung den Bergpfad ein, der ihn zu einem Blumengarten führt, wo ein Mann beim Bienenkasten steht. Er ist daran, den Schlitz zu schließen. „Wenn ich nur wüsste, wer einen Bienenkasten brauchen kann", bemerkt er zu Golo, „ich würde ihn weitergeben."

Golo vermittelt ihm den Mann im Baumgarten: „Er sucht mehr Kästen. Wir könnten ihn dorthin führen."

Das lässt sich der Mann nicht zweimal sagen. Er holt den Leiterwagen aus dem Schopf, lädt den Kasten auf und geht mit Golo zum Baumgarten.

Der Imker ist hocherfreut. „Ich wusste gar nicht, dass in der Umgebung Kästen feil sind." Er stellt den dritten Kasten auf. Während er sich mit dem Mann unterhält, schlägt Golo einen Wanderweg ein, gelangt zum Seeufer. Er legt seine Kleider auf einen sonnenwarmen Felsen und schwimmt hinaus. Übereinander staffeln sich kleine Wellenberge und Wellentäler. Golo betrachtet die wechselnden Blautöne. Er lässt sich treiben, schwimmt zum Ufer, legt sich zum Trocknen an die Sonne. Dann zieht er die Kleider an.

Ein Mann kommt herbei. „Willst du mit mir um die Wette schwimmen?"

Golo entgegnet: „Ich habe keine Badesachen dabei."

- „Dafür habe ich 2 Badehosen. Du kannst eine von mir nehmen."

Er legt ihm eine rote und eine blaue vor. Golo entscheidet sich für die blaue.

„Das Rennen geht bis zur kleinen Insel", stellt sich der Mann vor.

Sie laufen in den See hinaus. Crawlend durchpflügt der Mann das Wasser. Golo schwimmt in großen Zügen. Der Mann langt vor ihm bei der Insel an. „Ich habe gewonnen!" Golo gratuliert ihm. „Du warst schnell.'

Der richtige Name

Golo möchte auf einen Berg steigen. Eine Frau sagt: „Der Weg ist weit. Da brauchst du eine gute Ausrüstung."

Er macht sich auf den Weg. Nach vielen Kehren erreicht er die oberste Weide. Der Hirt sagt: „Von hier nimmst du am besten den Weg durch den Wald."

Golo steigt unter dem Kronendach der Bäume hinauf, erreicht den Felsen auf dem Gipfel des Bergs. Er genießt die wunderbare Rundsicht auf die Waldberge ringsum, die sich Reihe an Reihe gestaffelt, erheben. Zum Horizont hin verblauen sie. Dann macht er sich wieder an den Abstieg, kommt an einer Quelle vorbei, trinkt Wasser. Er spürt, wie es ihn verändert. Sogleich fühlt er sich lebendig. Es erfrischt ihn. Mit munterem Schritt kehrt er zum Südhang zurück, trifft eine Frau und einen Jungen. Das Kind will den Berg zeichnen. „Wie soll ich die fernen Bäume zeichnen? Einfach nur den Wald als Umriss oder die Bäume einzeln?" - „Lass dich einfach vom Auge leiten. Der Wald birgt verschiedene Grüntöne und eine eigene Schrift, die sich durch die Bäume zieht. Male diese Schrift, die dein Auge erkennt", rät Golo.

Das Kind lacht: „Ich sehe zwar keine Buchstaben. Aber Linien hat es schon. Die zeichne ich mit eigenen Farben." Ein Mann findet sich ein, guckt ihm über die Schulter. „So möchte ich auch den Berg malen."

Er wendet sich an Golo. „Mein Haus ist eingerüstet. Es

wartet nur darauf, dass ich die Fassade bemale. Willst du es sehen?"

Golo schaut sich um. „Wo steht dein Haus?"

Der Mann zeigt es ihm. „Es ist unten im Südhang."

Ein schmaler Pfad windet sich durch die Wiese, kreuzt das Landsträßchen, kurz bevor ein Weg zum eingerüsteten Haus abzweigt. Unter dem Vordach stehen Farbeimer und Pinsel bereit. Der Mann trägt sie aufs Gerüst, öffnet einen Eimer und beginnt, den Berg großflächig auf die Fassade zu malen. „Der Junge gab mir die entscheidende Anregung." Durch geschicktes Mischen zaubert er Grüntöne hervor. Dann wagt er sich an die eigene Schrift, welche die einzelnen Bäume zeichnet und verbindet. Er steigt vom Gerüst, kneift ein Auge zu, betrachtet sein Werk. „Was sagst du dazu?"

Golo tritt einen Schritt zurück. „Du hast den Berg sehr lebendig gemalt. Was hast du nun vor?"

Der Mann malt die Blumenwiese und den Weg, der zum Berg führt, wählt leuchtende Farben. „Wer das Bild betrachtet, soll verlockt werden, hineinzuspazieren."

Golo stellt sich unter das Gerüst. „Das ist dir tatsächlich gelungen." Er hört eine fröhliche Stimme, fährt herum. Ein Fahrer lenkt ein saturngelbes Solarmobil mit einem Tankanhänger, wartet auf dem Landsträßchen. „Ich bringe Wasser zu Häusern ohne Anschluss. Gibt es hier in der Nähe eine Quelle?"

Golo geht zu ihm, beschreibt ihm die Lage der Quelle. Der Fahrer schiebt seine Kappe zurück. „Quellfrisches Wasser aus der Umgebung, da werden sich meine Kunden die Finger lecken." Er fährt gleich los. Golo guckt ihm nach, wählt einen neuen Weg. Er führt vom Grasland in die Wildnis. Dickicht, Gestrüpp und hohes Gras wuchern. An ein Durchkommen ist kaum zu denken. Golo duckt sich unter den Sträuchern durch, klettert über eine umgestürzte Eiche. Dornenranken verwehren den nächsten Schritt. „Was mache ich?" fragt sich Golo, „ich komme kaum voran. Es ist besser umzukehren."

Am Rand der Wildnis ist ein Fluss ist über die Ufer getreten. Reißende Fluten zerren an den Wurzeln der Bäume. Golo wahrt einen sicheren Abstand. Er sieht ein Mädchen auf einem Felsen im Fluss. Am Ufer sind die Eltern und rufen: „Bleibe auf dem Felsen! Wir holen Hilfe."

Eine Frau eilt mit einem Seil herbei, schlingt es um den Stamm eines mächtigen Baums. „Was ist passiert?"

Die Mutter erzählt: „Das Kind ist vom Wasser mitgerissen worden. Es trieb zum Felsen, konnte sich hochziehen.

Der Vater fügt bei: „Wir müssen schauen, dass wir bei der Rettung nicht mitgerissen werden."

Mit dem anderen Ende des Seils geht die Frau auf Golo zu. „Bist du bereit? Ich sichere dich."

Er bindet das Seil um seine Hüfte. Schritt für Schritt tappt er durch das Hochwasser voran. Das Wasser spritzt hoch auf, drückt und stößt gegen die Hüfte. Er stemmt sich gegen die Strömung, langt beim Felsen an. Das Mädchen will sich auf seine Schultern setzen. Er bückt sich, lässt es aufsitzen, sichert es mit einer Hand. Mit der andern hält er sich am Seil. So wagt er sich in die Strömung, hält dem reißenden Wasser stand. Die Frau zieht am Seil. Sicher erreicht er das Ufer. Die Eltern schließen das Kind in die Arme. Der Vater wendet sich an die Frau und Golo:

„Danke, ihr habt es gerettet."

Golo löst den Knoten. „Wir hatten alle viel Glück."

Die Frau rollt das Seil auf. „Bei Hochwasser sollte man nie zu nahe ans Wasser gehen." Sie begleitet die Familie zum Dorf. Golo folgt ihnen.

Am Dorfrand wird eine Baracke geräumt. Ein Mann fragt: „Braucht ihr trockene Kleider?"

Die Mutter sagt: „Wir sind gleich zu Hause."

Der Mann blickt Golo an. „Wir haben hier eine Kiste mit jeder Menge Kleidern." Er schleppt sie vor einen Tisch, legt die Kleider aus. „Vielleicht findest du etwas Passendes." Golo stellt sich eine Anlege zusammen, zieht sich um. „Schuhe und Socken brauche ich keine. Meine Sandalen sind schon bald trocken." Dagegen nimmt er gerne eine Wäscheleine und Klammern an, geht zum Waldrand, spannt die Leine aus und hängt die nassen Kleider auf. Eine Frau schaut ihm zu, fragt: „Wie siehst du das? Wenn ich ein Buch gelesen und darin eine Tendenz zur unfreien Gesellschaft gefunden habe, muss ich dann einen Artikel schreiben, um die Menschen zu warnen?"

Golo lässt sich das Buch und die Stellen, die sie angestrichen hat, zeigen. „Das würde ich an deiner Stelle tun." Er legt sich auf einen sonnenwarmen Felsen, um die Haare zu trocknen.

Eine Frau und ein Mann finden Golo am Waldrand. Sie sagt: „Möchtest du in unserem Verlag ein Buch veröffentlichen?"

Der Mann ergänzt: „Es könnte ein Buch über Kinderträume sein."

Golo richtet sich auf. „Wie stellt ihr es euch vor?"

- „Du lässt dir von den Kindern Träume erzählen, schreibst sie auf", erklärt die Frau.

Der Mann fährt fort: „Dann könntest du auf einfache Weise erläutern, wie sich die Träume verstehen lassen, welche Bedeutung sie haben, damit die Eltern sich das Wissen aneignen können, die Träume ihrer Kinder zu deuten."

- „Das lasse ich mir durch den Kopf gehen", verspricht Golo, „und wenn mir viele Kinder ihren Traum erzählt haben, und ich einen Weg zum Verständnis finde, schreibe ich das Buch."

Die Frau und der Mann verabschieden sich. Golo geht in den neuen Kleidern weiter, kommt zu einem Haus, das etwas abgelegen unter Bäumen steht. Eine Frau steht unter der Tür. „Unsere Tochter träumt viel", sagt sie zu Golo, „sie erzählt uns viele Träume."

Die Tochter kommt aus dem Haus, huscht an der Mutter vorbei. „Und heute Nacht hatte ich einen ganz besonderen Traum", berichtet sie, „ich sah einen Jungen mit hellblondem Haar. Es glänzte so hell, dass man gerade ein wenig geblendet war. Der Junge spazierte auf und ab, begegnete einem Fotografen. Der fragte ihn, ob er ihn für die Zeitung fotografieren dürfe. Der Junge sagte: Ist gut."

Golo sagt: „Das ist wirklich ein besonderer Traum. Den werde ich aufschreiben." Das Mädchen freut sich. „Wenn du wieder vorbeischaust, werde ich dir erneut einen Traum erzählen." Golo wendet sich zum Gehen. „Das freut mich."

Er schlägt den Weg ein, der den Waldrand säumt. Ein Junge kommt ihm entgegen. Sein hellblondes Haar glänzt in der Sonne. Golo reibt sich die Augen. „Ist es die Möglichkeit?"

Der Junge bleibt stehen: „Ist etwas?"

Golo grüßt ihn freundlich. „Mich hat nur für einen Moment lang die Sonne geblendet."

Der Junge tänzelt von einem Bein aufs andere. „Das kommt vor."

Ein Mann gesellt sich dazu. Er hat eine Kamera umgehängt. „Darf ich ein Bild von dir machen?"

Der Junge lacht. „Wozu?"

Der Mann antwortet: „Für die Zeitung. Es geht um einen Artikel. Er hat den Titel: Menschen unterwegs. Da finde ich ein Bild von dir sehr passend."

- „Menschen unterwegs?" staunt der Junge, „aber ich bin doch gar nicht groß unterwegs."

Der Mann meint: „Für mich schon. Du bist auf den Beinen am Waldrand. Das ist ein gutes Unterwegssein." Er späht auf den Bildschirm seiner Kamera. „Geh ruhig ein paar Schritte, dann kann ich dich am besten aufnehmen." Der Junge rennt los, der Mann hinterher. Golo schaut den beiden verwundert nach. Dann geht er ruhig weiter, folgt dem Weg am Waldrand. Schmetterlinge flattern zu den Blumen auf der Wiese. Auf einer Witwenblume sieht er einen Schwalbenschwanz. Eine Frau holt Golo ein, sagt: „Möchtest du dich kostümieren?"

Sie geht mit ihm zu einem Schaustellerwagen, öffnet die Tür und zeigt ihm alle Kostüme, die an einer langen Garderobenstange hängen. Golo geht die Reihe durch, entscheidet sich für ein blaues Harlekinkostüm. Er kleidet sich um, spaziert als Harlekin durch den Wald. Die Frau filmt ihn. Die Kamera hat ein spezielles Filter. Es entsteht ein Zeichentrickfilm, den sie ihm hernach auf dem Monitor zeigt. Golo betrachtet sich. Die Blau- und Grüntöne gefallen ihm. Er zieht das Kostüm wieder ab, hängt es an die Garderobe. Die Frau fragt: „Gefällt dir der Film?"

Golo erwidert: „Er ist auf seine Art sehr speziell."

Er wandert in die Stadt hinunter. Eine Frau sagt: „Ich werde immer noch mit dem Mädchennamen in der Verkleinerungsform angesprochen."

Golo rät ihr, den Rücken gerade zu halten. „Von jetzt an gehst du immer in dieser Haltung und bestehst darauf, mit dem richtigen Namen angesprochen zu werden."

Die Frau nimmt sich vor: „Das probiere ich aus."

Sie treffen auf der Straße einen Mann, der die Frau mit dem Mädchennamen in der Verkleinerungsform anspricht. Sie reagiert sofort: „Grüße mich mit meinem richtigen Namen."

Der Mann horcht auf. Sofort spricht er sie mit dem richtigen Namen an. „Es war eine Gewohnheit. Entschuldige, von jetzt an achte ich darauf."

Er entfernt sich schnell.

Eine Bekannte begegnet ihnen, wählt bei der Begrüßung auch den Vornamen in der Verkleinerungsform. Die Frau macht sie darauf aufmerksam: „Ich lege Wert darauf, dass du meinen Namen ohne Verkleinerungsform brauchst."

Die Bekannte entschuldigt sich. „Das kann ich natürlich ändern." Sie braucht nun den richtigen Namen. „Er klingt auch schöner", findet sie, bevor sie weitergeht. Die Frau dankt Golo: „Dein Tipp hat mir sehr geholfen. Es macht mir Freude, wenn der richtige Name verwendet wird."

Tanz der Farben

Golo sitzt vorne im Saal. Am Mikrofon spricht der Moderator. Er ruft Golo auf die Bühne. „Du verdienst eine Auszeichnung." Golo nimmt sie entgegen. Es sind Blumen und ein Brief. „Geehrt wirst du für dein gesamtes Werk. Es verdient diese Auszeichnung." Golo sagt danke. Nach ihm kommt eine Frau auf die Bühne. Sie erklärt insbesondere Golos Werk. „Es zeugt von Menschlichkeit. Du lässt alle zu Wort kommen, hast ein offenes Ohr für ihre Anliegen und Geschichten."

Glücklich tritt er auf die Straße. Eine Frau fragt: „Woher hast du diese Blumen?"

- „Ich habe sie soeben bei einer Veranstaltung bekommen."

„Wo willst du sie einstellen?"

Golo antwortet: „Mach einen Vorschlag."

Sie schlägt vor: „Besuchen wir meine Freundin."

Ruhig gehen sie die Straße hinunter, bis sie vor ein lindengrün gestrichenes Haus kommen. Die Freundin guckt zum Fenster hinaus. „Ich freue mich auf den Besuch." Sie öffnet die Tür. „Nehmt doch am Gartentisch Platz! Ich bringe gleich etwas zu trinken."

Die Frau und Golo setzen sich neben hohen Sonnenblumen und Rosensträuchern. Die Freundin bringt einen Krug und Gläser. „Was fängt ihr mit dem schönen Wetter an?"

Die Frau sagt: „Wir besuchen dich. In deinem Garten hält man sich gerne auf."

- „Das stimmt", pflichtet ihr die Freundin bei, „allen gefällt es in meinem Garten. Sie sehen sich die Blumen und die Umgebung an. Es gibt den Blick bis zu den Waldbergen."

- „Hast du eine Vase für die Blumen?" fragt die Frau.

Golo zeigt ihr den Strauß. „Dann könnten wir sie einstellen."

Die Freundin eilt zurück ins Haus, kehrt mit einer Vase wieder. „Von der Größe her könnte sie passen."

Er bedankt sich, büschelt den Strauß und stellt ihn ein. „Du warst so schnell, als wärst du geflogen."

Da fällt der Frau ein Erlebnis ein: „Ich gehe wie immer einkaufen, entdecke jedoch etwas Seltsames: Es gibt Flugtaschen. Ich muss nur die Füße hineinstellen und schon kann ich fliegen. Das macht Spaß. Ich bin sehr weit geflogen, kam dann wieder zurück."

Aufmerksam hört die Freundin zu. „Gehen wir doch zu diesen Taschen! Ich würde auch gerne fliegen."

Sie brechen auf. Beim Supermarkt angekommen, nimmt die Frau 2 Taschen vom Gestell, stellt die Füße hinein, fliegt über die Freundin und Golo hinweg. Die Freundin schnappt sich auch 2 Taschen, steigt mit den Füßen hinein, fliegt hinterher. Zögernd bedient sich Golo. Er setzt langsam einen Fuß in die erste Tasche, dann den andern in die zweite. Sofort wird er emporgetragen, fliegt übers Dach des Supermarkts hinweg. Die Frauen sind schon hoch über ihm und rufen: „Lass den Taschen einfach ihren Lauf." Golo versucht, mit einem Schwung aus den Knien zu steuern. Er fliegt bis zu den Frauen hinauf. Die Stadt liegt klein unter ihnen. Auf Höhe der Waldberge kehren sie um, landen im Garten vor dem lindengrünen Haus. Golo trinkt den Tee aus, verabschiedet sich. Er wandert durchs Grasland, begegnet einem Mann. „Ich sammle Volksmusik, wo und wie ich nur kann, habe eine riesige Sammlung. Willst du auch etwas beisteuern?"

Golo bedauert: „Ich mache im Moment keine Volksmusik." Der Mann sagt: „Das ist nicht weiter schlimm. Lass dir durch den Kopf gehen, welche Instrumente du spielst. Dann übst du ein Stück und spielst es für meine Sammlung."

Golo geht weiter durchs Grasland, trifft eine Frau mit hüftlangem Haar. „Weißt du, wie wir die Menschen erheitern könnten?"

Er sagt: „Vielleicht hast du eine Idee."

Sie klaubt eine Mundorgel aus der Tasche. „Du spielst die Mundorgel, und ich mache dazu komische Tanzbewegungen."

Zurück zur Stadt führt ein kleiner Weg durchs Grasland. Die Frau und Golo stellen sich auf dem Platz vor dem Rathaus auf. Er beginnt, Mundorgel zu spielen. Die Frau tanzt dazu, verrenkt aber auffällig und mit übertriebenen Gebärden die Glieder. Sofort finden sich Schaulustige ein, staunen zuerst. Dann bringt sie der lustige Tanz zum Lachen. Je grotesker die Bewegungen ausfallen, umso größer ist die Erheiterung. Immer mehr Menschen strömen aus den Gassen hinzu und freuen sich über das Schauspiel, das ihnen die Frau und Golo bieten. Er spielt einfache Volksliedmelodien, lässt sich aber durch ihren Tanz zu einer immer neuen und überraschenden Spielweise hinreißen, die große Heiterkeit auslöst.

Der Volksmusiksammler mischt sich unter das Publikum, zeichnet die Musik mit dem iPhone auf. Als Golo die Mundorgel absetzt und kurz durchatmet, fragt er: „Ist es dir recht, wenn ich deine Musik in die Sammlung aufnehme?" Golo ist verwundert. „Aber ich habe nur zum Spaß gespielt."

- „Worum geht es?" erkundigt sich die Frau.

Der Sammler erklärt: „Ich würde seine Musik gern in meiner Sammlung haben."

Sie blickt Golo an. „Hast du das gehört?" Mit einer raschen Körperdrehung wendet sie sich dem Sammler zu. „Gut, dass du sie aufgezeichnet hast! So geht sie nicht verloren." Die Leute drängen, dass nun das Spiel weitergeht. Und so bieten die Frau und Golo noch eine kleine Zugabe. Der Sammler zeichnet auch dieses Stück auf. Mit einer Verneigung nimmt die Frau den fröhlichen Applaus entgegen. Langsam zerstreuen sich die Menschen. Der Sammler hört sich die Aufnahme nochmals an, während Golo der Frau die Mundorgel zurückgibt. „Es ist ein wunderbares Instrument, dem sich ganz verschiedene Töne entlocken lassen."

- „Möchtest du sie nicht behalten?" fragt sie.

„Lieber nicht! Ich bin am Erkunden der Landschaft. Da möchte ich leere Taschen haben", erklärt er.

- „Welche Landschaft erkundest du denn?" nimmt sie wunder.

Er stemmt die Arme in die Hüfte. „Die Umgebung der Stadt."

- „Wirst du für mich wieder zum Tanz aufspielen?" möchte sie wissen.

„Wenn wir uns das nächste Mal wiedersehen", entgegnet er, „nehme ich gern die Mundorgel."

Sie schildert ihm die Lage ihres Hauses. „Ich wohne am Rand der Stadt, wo der Wald beginnt. Du bist jederzeit willkommen."

Golo dankt ihr für die Einladung, geht auf einem kleinen Weg aus der Stadt. Im Grasland draußen kreuzt sich der Weg mit einem Landsträßchen. Ein großes Solarmobil mit Anhänger hält an. Im Anhänger sitzen eine Frau und ein Mann. Der Fahrer beugt sich aus dem Fenster. „Willst du im Anhänger Platz nehmen? Jetzt ist es angenehm, sich den Wind um die Backen streichen zu lassen."

- „Es ist wie eine Kutschenfahrt", fügt die Frau bei, „du sitzt gemütlich, plauderst und die Landschaft zieht vorbei."

Der Mann an ihrer Seite beugt sich über das Geländer. „Der Lastwagen ist geruchlos und nahezu geräuschlos."

- „Ihr seid sehr freundlich", erwidert Golo, „ich sehe mich jedoch gern zu Fuß um. Doch wenn mich die Lust zu fahren überkommt, steige ich gern beim Anhänger ein."

- „Man sieht sich", ruft der Fahrer zum Abschied und lässt das Solarmobil wieder anrollen.

Golo überquert das Landsträßchen, folgt dem Weg. „Ich möchte herausfinden, wo er mich hinführt", sagt er sich. Leicht steigt der Weg an, führt in einer weiten Schleife über den Ausläufer eines Waldbergs. Ein Mann kommt Golo entgegen, lächelt. „Möchtest du eine Belohnung?" Golo bleibt stehen. „Wofür?"

Der Mann sagt: „Ich gehe mich um eine Stelle als Therapeut bewerben. In meiner Arbeit gebe ich gern kleine Belohnungen und beobachte, wie sie wirken."

- „Das Gehen ist für mich die schönste Belohnung", erwidert Golo, „ich komme ruhig voran, sehe immer etwas Neues."

- „Drücke mir den Daumen, dass ich die Stelle bekomme", bittet der Mann.

Golo verspricht: „Das mache ich gern."

Er schaut sich um, wohin ihn der Weg bringt. Er steigt in ein lauschiges Tal ab, wo zwischen lockeren Baumgruppen Wiesenblumen blühen, Bienen und Schmetterlinge anlocken. Eine Frau sitzt unter einem Baum am Tisch. In der Nähe steht ihr Haus. Sie arbeitet an Plänen, sieht auf, als Golo kommt. „Ich plane meine Tage, mag nichts dem Zufall überlassen, weiß immer, was angesagt ist."

- „Was ist jetzt gerade vorgesehen?" fragt Golo.

Sie steht auf. „Jetzt ist die Planung angesagt. Ich überlege, wie ich meine Aktivitäten und Pausen einteile."

Er wendet sich zum Gehen. „Da möchte ich nicht stören."

- „Du störst nicht, im Gegenteil, es hlft mir, wenn ich mit jemandem sprechen kann", versichert sie und zeigt Golo die Pläne. „Was meinst du, habe ich zu viele Zeiten für die Planung eingesetzt?"

Golo sieht die Pläne durch und lässt sie sich erklären. „So eine sorgfältige Planung benötigt die Zeit", meint er.

- „Darf ich dir Tee anbieten?" fragt sie dazwischen.

Golo nimmt die Einladung an. Sie räumt eine Hälfte des Tisches frei, holt Tee, füllt die Gläser. Golo kostet einen Schluck. „Was ist das für ein Tee?"

- „Das ist griechischer Bergtee", antwortet sie.

„Er schmeckt gut", anerkennt Golo, der den Tee in kleinen Schlucken genießt. Nachher erhebt er sich, folgt dem Weg, der ihn aus dem Tal führt. Auf einer sonnigen Hochebene trifft er einen Mann.

„Möchtest du mir zuschauen, wie ich male?" fragt er.

Golo begleitet ihn zu seinem Atelier. Der Mann tanzt vor einer auf einen Keilrahmen gespannte Leinwand, greift dann zum Pinsel, taucht ihn in die Farbe, trägt aus dem Tanz heraus kurze, reflexartige Spuren auf. Golo schaut ihm zu. Der Mann reicht ihm einen Pinsel. „Jetzt bist du an der Reihe." Golo übernimmt seine Tanzschritte, versieht die benachbarte Leinwand mit spritzigen, wilden Spuren. Das gefällt dem Mann. „Nun bringen wir die Bilder in die Galerie."

Sie lassen die Farbe trocknen. Dann lädt der Mann die Bilder auf einen Handwagen und schiebt ihn in die Stadt. Golo geht mit, ist gespannt, wie der Galerist sie aufnimmt. In einer Reihe Altstadthäuser, in einem aprikosenfarbigen, vorspringenden Haus befindet sich die Galerie. Durchs Schaufenster sieht sie der Galerist kommen, öffnet die breiten Türflügel. „Willkommen! Ihr bringt Bilder!"

Der Mann hebt sie vom Handwagen und stellt sie an die Wand. „Sie sind ganz neu."

Der Galerist freut sich. „Ich hole den Hammer." Er schlägt 4 Nägel ein, hängt die Keilrahmen ein, prüft mit schrägem Kopf, ob sie senkrecht ausgerichtet sind. Eine Kundin betritt die Galerie, steuert direkt auf die beiden Bilder zu. „Sie gefallen mir sehr. Kann ich sie haben?"

Der Galerist fragt: „Kommst du sie abholen?"

Sie wendet sich zum Gehen. „Zusammen mit meiner Freundin kann ich sie gut nach Hause tragen."

Zufrieden reibt sich der Galerist die Hände. „In meiner

Galerie läuft alles bestens."

Das Bild mit dem Elefanten

Beim Wandern durch den Südhang gerät Golo in einen verwachsenen Rebhang. Bei einer Pergola ist ein Mann mit Pickel und Schaufel am Graben. Er hebt ein breites und tiefes Loch aus.

„Was hast du vor?" fragt Golo.

Der Mann hält inne, stützt das Kinn auf den Schaufelstiel. „Ich grabe, bis ich auf Schichten stoße, die vielleicht Spuren früherer Bauten oder Kulturen enthalten." Er setzt seine Tätigkeit fort, wobei er abwechslungsweise mit dem Pickel und der Schaufel arbeitet. Golo sieht ihm aufmerksam zu. „Wenn ich ein Loch aushebe, habe ich das Gefühl, dass die Zeit nicht sinnlos zerrinnt, weil ich immer tiefer eindringe. Es könnte eine Überbeanspruchung der Muskeln sein, wenn man unentwegt schaufelt. Ich gehe jedoch achtsam vor, mache jede Bewegung mit Sorgfalt."

Beim Schlag mit dem Pickel ertönt ein helles Klingen. Der Mann bückt sich, hebt einen Goldring auf. „Was habe ich gesagt!" trumpft er auf, „ich finde immer etwas. Willst du den Ring?"

Golo lächelt. „Was könnte ich damit anfangen?"

Der Mann legt den Ring auf die flache Hand, grinst verschmitzt. „Du kannst ihn einer Frau schenken." Er bietet ihn Golo an. „Du bist dazugekommen, als ich ihn fand. Jetzt gehört er dir."

Zögernd steckt Golo den Ring an den kleinen Finger. „Ich

weiß noch nicht, wem ich ihn schenken könnte."

Er spaziert aus dem Rebhang, gelangt auf einen Wiesenweg. Hoch und schimmernd ragen die Halme der Gräser auf. Dazwischen leuchten die Blüten. Ins Summen der Bienen mischt sich der Klang fröhlicher Schritte. Eine Frau begegnet Golo. Ihr fällt sofort der Ring auf, der an seinem Finger glänzt. „Darf ich ihn anprobieren?"

Er reicht ihr den Ring. Sie schiebt ihn über den Ringfinger. „Er passt." Rasch spreizt sie die Finger. „Schenkst du ihn mir?"

- „Du darfst ihn gern behalten", sagt Golo.

Überaus glücklich bedankt sich die Frau: „Dafür lade ich dich zu meiner Hochzeit ein."

- „Wann findet sie statt?" möchte Golo wissen.

Sie blickt auf die Uhr. „In wenigen Minuten, ich muss mich beeilen." Die Frau rennt los. Golo geht gemächlich hinterher. Der Weg führt hinunter in eine Stadt an einem kleinen Fluss. Aus rohen Balken und Brettern ist neben der Brücke ein schmaler Steg gezimmert. Menschen in festlichen Kleidern besammeln sich auf der Brücke und an beiden Ufern. An der Seite eines Manns kommt die Frau im Brautkleid aus einem stattlichen Haus am Fluss. Gebannt schauen die Menschen zu, wie das Brautpaar Arm in Arm über den Steg schreitet. Golo mischt sich unter die Schaulustigen. „Es kommt zuweilen vor, dass ein Paar ins Wasser fällt. Darum sind alle so gespannt", erklärt ihm ein Mann. Doch dieses Paar hat einen ruhigen Schritt und gelangt unter dem Jubel der Menge sicher ans andere Ufer. Begleitet von den Menschen, die ihm gratulieren, schreitet es zum Rathaus. Golo folgt dem Umzug eine

Weile lang, dann zweigt er in eine Seitengasse, gerät auf einen kopfsteingepflasterten Platz, den ringsum Giebelhäuser mit farbigen Fassaden umgeben. Ein Mann fragt ihn: „Bist du nicht an der Hochzeit?" Er schlägt die Zeitung auf, zeigt Golo die Anzeige. „Ein prominentes Paar heiratet. Die Braut ist Tänzerin, und der Bräutigam Pianist."

Ein Solarmobil fährt auf den Platz. Der Fahrer steigt aus, geht um das Fahrzeug herum, betrachtet den rechten Hinterreifen. „Etwas stimmt da nicht. Es fragt sich, was." Er stellt beim iPhone eine Nummer ein, schildert das Problem. Eine Stimme meldet sich: „Wir sind gleich vor Ort." 2 Mechaniker treffen mit einem Abschleppwagen ein. „Nur die Ruhe", mahnt einer, „wir kümmern uns darum." Der zweite Mechaniker beugt sich über den Reifen. „Das hast du gut beobachtet. Da ist viel zu wenig Druck drin." Er befestigt ein Zugseil am Haken. Die Seilwinde zieht das Solarmobil auf den Abschleppwagen. Die beiden Mechaniker winken, fahren davon. „Jetzt stehst du ohne Auto da", bemerkt Golo.

Der Mann zuckt die Achseln. „Ich habe immer noch 2 Beine zum Gehen. Da komme ich auch voran." Und so macht er sich zu Fuß auf den Weg. Golo gelangt vor einen Laden. Im Schaufenster sind große Betten aufgestellt. Eine junge Riesin guckt ihm über die Schulter. „Liebst du Betten dieser Größe?"

Golo schüttelt den Kopf. „Sie würden den ganzen Raum verstellen."

- „Das sieht nur so aus", widerspricht sie, „du musst sie einmal aus der Nähe ansehen."

Golo folgt ihr ins Geschäft. Die Riesin legt sich auf ein

Bett. „Es hat genau die richtige Größe." Sie versinkt in der Matratze, rappelt sich auf. „Viel zu weich ist sie." Der Verkäufer verspricht: „Ich lasse eine härtere Matratze einlegen."

- „Das hoffe ich", brummt sie, verlässt mit Golo das Geschäft, guckt sich um. „Wie steht es mit den Küchen? Hat es Kücheneinrichtungen meiner Größe?"

Vor einem Geschäft ist eine Küchenkombination in Übergröße ausgestellt. Die Riesin stellt sich vor den Anrichtetisch, lässt sich von einer Verkäuferin ein Messer bringen. Damit schält sie dicke und lange Karotten. Die Pfanne hat die Größe einer runden Badewanne. Sie füllt sie mit Wasser, fragt Golo: „Willst du ein Bad nehmen, bevor ich anfange zu kochen?"

Golo zieht sich aus, legt sich in die Pfanne. „Eine Abkühlung ist immer willkommen."

Nach der Erfrischung steigt er aus dem Bad. Sie reicht ihm ein großes Tuch zum Abtrocknen. Er hüllt sich ins Tuch, reibt sich trocken, geht die Straße hinunter, bis er zu einem Garten mit einem Zelt kommt. Davor steht ein Mann, lockt ein Kind mit den Worten heraus: „Ich gehe jetzt." Er geht jedoch nicht wirklich fort, sondern läuft nur hinter das Zelt. Das Kind kommt heraus, schaut sich um. „Wo bist du?"

Der Mann zeigt sich. „Ich bin hier."

Das Kind ist erleichtert, geht ein paar Schritte auf ihn zu, um dann gleich wieder im Zelt zu verschwinden.

Der Mann versucht es noch einmal. „Ich bin schon weit, weit fortgegangen."

Rasch stürzt sich das Kind aus dem Zelt, geht herum und ruft: „Da bist du ja! Du bist gar nicht weggelaufen." Dann rennt das Kind voraus, auf die Anhöhe eines kleinen Berges. Es blickt herum, genießt die Aussicht auf die umliegenden Waldberge ringsum. Der Mann erklärt Golo: „Es ist immer glücklich, wenn es vorauslaufen kann. Wir besuchen jeden Tag den kleinen Berg. Und ich lasse ihm immer einen kleinen Vorsprung."

Vom kleinen Berg führt ein Weg in ein waldiges Tal, wo Golo eine Frau trifft. Sie sagt: „Ich liebe es, den Tag im Wald zu verbringen. Ich sehe mir die Bäume an, den Farn und die scheuen Rehe."

Golo geht weiter, gelangt zu einem Hof auf einer Lichtung. Ein Mann begrüßt ihn vor der Hofeinfahrt. „Viele Leute erkundigen sich bei mir nach dem Weg. Ich sage: Wollt ihr ihn nicht selber herausfinden? Es macht Spaß, vielleicht ab und an auf einem Holzweg zu landen. Doch dann gebe ich bereitwillig Auskunft."

Golo sagt: „Ich gehe einfach so für mich hin und schaue mir die Umgebung an. Ich habe keine Sorge, mich zu verlaufen."

Er gerät im anschließenden Wald in ein Labyrinth verschlungener Wege. Die Äste der Bäume hängen tief herab. Sträucher verwehren die Sicht. Schließlich verlässt er sich auf sein Gefühl, fragt sie bei jeder Verzweigung, wo es ihn hinzieht. Ruhig schreitet er voran. Die Sonne wirft Lichtflecken auf den Weg. Plötzlich öffnet sich der Wald. Das Licht flutet herein, und Golo steht am anderen Ende. Im hellen Glanz bewegen sich die Halme einer Wiese leicht im Wind. Die Blüten strahlen farbkräftig daraus hervor, von Bienen umschwärmt. Eine Frau kommt ihm entgegen. „Du bist sicher durch den Wald gekommen.

Wie hast du es geschafft?"

- „Ich ließ mich vom Gefühl leiten", erwidert Golo. Er sieht eine Taube, sie fliegt auf den Ast eines Baums. „Mich nimmt wunder, wo sie hinfliegt."

Die Frau sieht ihn erstaunt an. „Würdest du einfach einer Taube nachgehen?"

- „Das gehört zu meinen Erkundigungen", erklärt er, schlägt den Weg ein, der zum Baum führt. Die Taube bleibt ruhig sitzen, als sich Golo nähert. Sie hüpft von Ast zu Ast. Dann fliegt sie aufs Dach eines nahen Bienenhauses. Golo geht darauf zu. Die Taube scheint wieder auf ihn zu warten. Ein Imker kommt aus dem Bienenhaus, fragt Golo: „Möchtest du von meinem Honig probieren?"

Golo lässt sich einen Löffel reichen und schleckt ihn genüsslich aus. „Der Honig ist köstlich."

Der Imker will ihm eine kleine Büchse schenken. Golo dankt ihm, gibt aber zu bedenken: „Im Moment möchte ich freie Taschen behalten. Ich erkunde einfach die Umgebung. Ein Andermal nehme ich gern etwas Honig mit."

„Wie du meinst", sagt der Imker, „du weißt ja jetzt, wo du mich findest."

Er kehrt ins Bienenhaus zurück. Golo späht aufs Dach. Die Taube schwirrt weg, landet auf einem Wegweiser in der Nähe. Als Golo dort anlangt, fliegt sie hoch hinauf in den blauen Himmel. Er liest die Namen, die auf dem Wegweiser verzeichnet sind, wählt einen kleinen Wiesenpfad, der ihn zu einem Zirkuszelt mit vielen Wagen führt. Eine Frau begleitet einen Elefanten. „Er kann in der Manege besser auftreten, wenn er viel freien Ausgang hat." Der Elefant hebt den Rüssel, legt ihn auf Golos Schulter.

„Er mag dich", sagt die Frau.

Dann pflückt er mit dem Rüssel eine Margerite, bietet sie Golo an.

Hocherfreut klatscht die Frau. „Du musst sie unbedingt annehmen. Du gefällst ihm sehr."

Golo nimmt die Blume. „Ich bräuchte eine Vase."

Der Elefant streckt den Rüssel ins offene Fenster eines Schaustellerwagens, zieht eine Vase heraus.

Golo staunt. „Er scheint mich zu verstehen."

Der Elefant stellt die Vase auf einen Klapptisch, der vor dem Wagen steht, saugt Wasser aus einer Wanne und spritzt es in die Vase. Golo stellt die Blume ein. „Was er alles vollbringt, beeindruckt mich sehr", anerkennt er.

Der Elefant geht mit den Vorderbeinen in die Knie, kauert nieder.

„Nun möchte er, dass du aufsteigst", erläutert die Frau, „du kannst reiten."

Golo klettert auf den Rücken, setzt sich. Langsam richtet sich der Elefant auf, kommt in Bewegung. Die Frau schreitet nebenher. „Sitzt du gut?"

- „Sogar sehr gut", entgegnet er.

Nach einer Runde um das Zirkuszelt kauert der Elefant wieder nieder, lässt Golo absteigen. Er rutscht vom Rücken, weicht zurück, da sich der Elefant sogleich zur vollen Größe erhebt. Er geht zu einem kleinen Wasserlauf, taucht den Rüssel ein, spritzt sich das Wasser über den Rücken. Mehrmals gönnt er sich die Dusche. Dann erwacht sein Spieltrieb. Er kickt einen Ball zu Golo. Überrascht spielt er ihn zurück. Dem Elefanten gefällt es, den Ball auch mit dem Rüssel anzutippen und zu Golo zu rollen. Die Frau holt eine Kamera. „Ich würde gern ein Foto machen." Sie läuft um Golo und den Elefanten herum, blickt immer wieder auf den Monitor. „Ich liebe es, den richtigen Ausschnitt zu finden."

In diesem Moment legt der Elefant wieder den Rüssel über Golos Schultern. Schnell hält es die Frau fest. „Von diesem Foto habe ich geträumt", schwärmt sie.

Der Wildblumenstrauß

Ein Vogel legt ein Ei. Es ist nicht rund, sondern hat zahlreiche Ecken und Kanten wie ein Kristall. Der Vogel brütet es aus. Als er es einmal in den Schnabel nimmt, zerbricht die besondere Schale, und das Küken schlüpft aus, die Federn in den Regenbogenfarben. Kaum steht es etwas wackelig auf den Beinen im Nest, stimmt es einen wunderbaren Gesang an.

Golo spaziert unter dem Baum durch, horcht auf. „Das ist ein besonderer Vogel." Er legt sich bei den Wurzeln zum Schlafen. Im Traum ist er der Häuptling eines archaischen Volkes. Er spürt, dass ein Stammesmitglied gegen ihn kämpfen wird. „Wer es wohl ist", fragt er sich. In diesem Stamm gilt die Regel, wer den Häuptling herausfordert und besiegt, wird selber Häuptling. Er tritt vor das Zelt, bläst die Glut an, legt Astholz nach. Da tritt ein junger Mann vor ihn hin. „Ich fordere dich heraus."

Golo blickt ihn prüfend an. Es ist „Weiße Wolke". Golo sagt ruhig: „Setz dich doch zu mir ans Feuer und trink mit mir eine Schale Tee. Du weißt, dass Kämpfe mit mir tödlich ausgehen?"

- „Einer von uns stirbt", sagt der junge Mann und fährt mit dem Daumen über die Klinge seines Dolches.

Golo setzt sich im Schneidersitz ans Feuer, legt seinen Dolch vor sich hin. „Es gibt auch die Möglichkeit, dass wir mit den Augen kämpfen."

- „Ist gut", sagt Weiße Wolke und starrt Golo an. Golo erwidert seinen Blick ruhig. „Du wirst bald sehr müde werden", warnt er den jungen Mann, „erschrecke nicht und falle nicht ins Feuer."

Der junge Mann nimmt Golo gegenüber Platz und lässt ihn nicht mehr aus den Augen. Der Stamm versammelt sich. Die Menschen stellen sich in einem Kreis ums Feuer auf. Golo schaut der Weißen Wolke in die Augen. Der junge Mann kämpft mit der Ermüdung. Die Augen fallen ihm zu. Er gibt den Dolch Golo. Dann geht er in sein Zelt schlafen. Erleichtert zerstreuen sich die Menschen.

Golo wacht auf, geht durch den Wald, hört den Vögeln und dem Wind zu, der leise rauscht. Er kommt vor eine Seilbahn. Sie beginnt mitten im Wald. Die Gondeln sind große Einkaufskörbe. Als Golo einsteigt, läuft die Seilbahn an. Rasant beginnt sich das Rad zu drehen. Die Gondeln bewegen sich bergan, bergab. Steil steigt Golos Gondel zum ersten Mast hinauf. Die Seilführung rattert durch die Räder. Heftig durchgeschüttelt blickt Golo zum zweiten Mast hinauf, der hoch oben im Hang aufragt. Wiederum wird der Korb erschüttert. Beständig nimmt von Mast zu Mast die Höhe zu. Golo schluckt, um den Druck im Ohr auszugleichen. Schon erscheinen das Dach und das große Rad der Bergstation. Mit einem Sprung verlässt Golo die Gondel, landet auf der Plattform, wo er eine weite Sicht über das Tal genießt. Der Motor setzt aus. Die Bahn steht still. Eine weite Wanderung nimmt sich Golo vor. Er geht dem Bergkamm entlang, steigt durch einen Wald auf, bis er zu einem Berggipfel kommt. Auf einen Felsen setzt er sich, blickt in die Runde. Ringsum erheben sich hohe Waldberge, überdacht von einem strahlend blauen Himmel. „Wie wäre es", sagt sich Golo, „wenn ich von einem Waldberg zum anderen wandern würde?" Er macht sich gleich auf den Weg, geht durch den Wald hinunter bis zum Fuß des anderen Berges. Dort findet er einen Serpentinenpfad, der ihn auf den Gipfel des nächsten Waldbergs führt. Auch dort oben wartet er nicht lange, sondern setzt die Wanderung zum dritten Waldberg fort. Amüsiert blickt er auf die beiden Waldberge zurück. „Da bin ich also schon gewesen." Mit ausgreifenden Schritten erreicht er schon bald die dritte Höhe, wo er sich eine Rast gönnt und die Sicht ins Tal auf sich wirken lässt.

Beim Abstieg kommt er am Waldrand an einem kleinen Atelier vorbei. Vor dem Haus malt eine Frau Schachteln farbig an, lässt sie an der Sonne trocknen. „Sobald die Farbe trocken ist, bringe ich die Schachteln in die Galerie. Begleitest du mich?"

Golo schaut sich die Schachteln an. „Was kommt da hinein?"

Die Frau lacht. „Der Galerist stellt die Schachteln leer aus." Sie geht mit Golo in die Stadt. Die Galerie befindet sich mitten in der Gasse, in einer Reihe von Giebelhäusern mit farbigen Fassaden. Hocherfreut nimmt der Galerist die Schachteln entgegen, stellt sie ins Schaufenster. „Sie finden reißenden Absatz. Ich frage mich immer, was den Leuten so sehr daran gefällt."

- „Es sind die leuchtenden Farben", vermutet die Frau.

Eine Passantin bleibt auf dem Gehsteig stehen, späht ins Schaufenster, tritt gleich in die Galerie ein. „Hast du neue Schachteln?"

- „Wie viele möchtest du haben?" erkundigt er sich.

Die Passantin sagt: „Ich nehme alle, wenn es geht."

Der Galerist packt sie in einen Sack ein. Zufrieden verlässt die Passantin die Galerie.

Während sich der Galerist mit der Frau unterhält, geht Golo hinaus. Er begegnet 2 Schwestern. „Was hast du vor?" fragt die jüngere.

„Ich gehe in die Galerie", beschließt die ältere und tritt ein. Die jüngere Schwester spricht Golo an: „Und was machst du?"

Er sieht sich um. „Ich erkunde die Stadt und ihre Umgebung."

- „Darf ich dich begleiten?" möchte sie wissen.

„Es freut mich, wenn du dabei bist", erwidert Golo und schlendert mit ihr die große Gasse hinauf. Bei einem bernsteinfarbenen Haus lehnt ein Mann gegen die Fassade. „Seid ihr in Eile?"

Die jüngere Schwester schmunzelt. „Sieht es danach aus?"

„Überhaupt nicht", beschwichtigt er, „von daher nehme ich an, ihr habt alle Zeit der Welt, um einen Tee mit mir zu trinken." Er läuft voraus in sein Haus. Als die Schwester und Golo eintreten, sehen sie nur eine riesige Torte im Wohnraum. Die Schwester greift zum bereitliegenden Messer, schneidet sie an, bemerkt: „Da ist ja nur Luft darin." In dem Moment wird die Mitte wie ein Deckel angehoben. Der Mann guckt aus der Torte. „Bin ich etwa Luft?"

Sie schüttelt sich vor Lachen. „Ein Mann in der Torte! Darauf muss man erstmal kommen." Mit Schwung schneidet sie ein Stück heraus, legt es auf einen Teller, bietet es Golo an.

„Ist es dir recht, wenn wir deine Torte essen?" vergewissert er sich, bevor er zugreift.

Der Mann sagt: „Dazu ist sie da." Er lässt sich auch ein Stück reichen. Zuletzt nimmt sie für sich ein Stück. Der Mann serviert Tee. Vergnügt essen sie Torte.

„Was feierst du?" fragt die Schwester.

„Ich denke mir immer neue Torten aus", berichtet er, „diesmal stellte ich mir die Aufgabe: Kann ich eine Torte backen, worin ich mich verstecken kann?"

- „Die Überraschung ist dir gelungen", anerkennt sie.

Er erzählt ihr, für welche Anlässe Torten dieser Art gefragt sind. Währenddessen sieht sich Golo draußen in der großen Gasse um. Eine kleine Seitengasse mündet in einen Weg, der zum Waldberg ansteigt.

Golo verlässt den Weg, wendet sich einem schmalen Pfad zu. Er führt in die Felsen. An seinem Rand wächst Farn. Mit einer kurzen Kletterpartie überwindet Golo ein quer zum Pfad verlaufendes Felsenband. Er blickt zur Stadt hinunter. Sie wirkt schon ziemlich klein. Und als er ein paar Serpentinenschlaufen höher gestiegen wird, ist sie tiefer in die Ferne gerückt. Der Felsenpfad verlangt Einiges von ihm ab. Mal sind es hervorragende Steine, über die Golo zu steigen hat, mal ist der Pfad so schmal, dass er nur einen Fuß vor den andern setzen kann. Linkerhand fällt der Fels steil ab, rechterhand erhebt sich die Wand. In den Ritzen wachsen Bäume. Die Wurzeln geben Halt, sichern den Tritt. Kanzelartige Böschungen ragen vor, ermöglichen Golo, sich hochzustemmen und Fuß zu fassen. Etwa in der Mitte des großen Felsens schaut er sich um. „Soll ich umkehren oder komme ich durch?" fragt er sich. An den

Rändern lockert sich die Felswand auf. Hier breitet sich der Wald aus. Die Bäume wachsen in gestuften Terrassen. Golo findet alte Treppenstufen und Mäuerchen. Dann wagt er sich wieder auf den Felsenpfad hinaus, der in Schlaufen ansteigt und in der Höhe etwas breiter angelegt ist. Munter schreitet Golo hinauf, setzt sich oben auf den Felsengrat und lässt die weite Rundsicht auf sich wirken. Unten im Tal breitet sich die Stadt aus, von Wäldern und teppichartigen Feldern umschlossen. Ringsum erheben sich Waldberge. In der Ferne schimmern die Alpen. Ein Mann kommt über den Grat. „Bist du durch die Felsen aufgestiegen?"

Golo fährt herum. „Ich war zuerst auf dem schmalen Pfad. Und der führt direkt zu den Felsen."

Der Mann blickt hinunter. „Eine kleine Bergsteigerübung ist es schon."

Golo deutet auf den Wald. „Zuweilen bin ich über die Wurzeln geklettert."

- „So kann man es gut schaffen", pflichtet ihm der Mann bei, „ohne Bäume bräuchtest du fast eine Kletterausrüstung."

Golo wendet sich zum Gehen. „Wohin führt dieser Höhenweg?"

Der Mann streckt den Arm aus. „In diese Richtung kommst du an einen See."

Golo dankt für die Auskunft. „Eine Abkühlung würde mir guttun." Er wandert über den Höhenweg zur anderen Bergflanke, die sich sanft zum See hinunterneigt. Ein Zickzackweg führt durch den Wald zum Ufer hinab. Zwischen den Buchen blitzt der See hervor. Golo legt die Kleider ab, schwimmt mit großen Zügen hinaus. Blautürkis gleißt das

Wasser. Nachher sucht er eine Felsplatte auf, beobachtet eine Eidechse, die im hellen Licht huscht. Von der Sonne getrocknet, zieht er sich wieder an, geht barfuß durch den Sand das Ufer entlang. Heranrollende Wellen löschen seine Fußabdrücke.

Er begegnet einem Mann in einem Anzug aus Glanzstoff. „Kennst du mich? Ich bin ein Filmstar."

Golo sagt: „Ich habe schon lange keinen Film mehr gesehen."

Der Filmstar setzt sich in Pose. „Im Film stelle ich meistens einen erfolgreichen Mann dar." Er geht ein paar Schritte auf und ab, dann reicht er Golo eine Liste. „Da sind alle Titel eingetragen. Besorg dir die Filme und schau sie dir an. Du wirst Freude daran haben."

Golo faltet die Liste und steckt sie in die Tasche. „Vielen Dank für die Anregung." Eine Hand aus einer Hecke fingert nach dem Kragen des Filmstars, zieht ihn hinein. Golo hört ein vergnügtes Gelächter. Eine Frau schäkert mit dem Filmstar: „Habe ich dich erschreckt?"

Er gesteht: „Im ersten Moment wusste ich nicht, was geschieht."

Golo geht weiter, gerät vor eine ländliche Pension. Der Wirt putzt die Tische unter den Bäumen. Er bietet Golo eine günstige Übernachtung an: „Im Preis inbegriffen ist ein reichhaltiges Frühstück."

„Das klingt verlockend", räumt Golo ein, „wenn ich einmal ein Zimmer suche, schaue ich zuerst bei dir herein."

Der Weg führt zu einem Verlagsgebäude, das mitten in einer Blumenwiese steht. Die Verlegerin fragt: „Kann ich etwas für dich tun?"

Golo hat kein Schreibpapier dabei. Sie gibt ihm einen Block und lädt ihn ein, am Tisch unter der großen Buche zu schreiben. Golo setzt sich und notiert eine Geschichte. Als er fertig ist, schaut er auf. „Das Papier ermöglicht flüssiges Schreiben."

Sie fragt: „Brauchst du noch mehr?"

Er blättert das Geschriebene durch. „Vorderhand habe ich genug." Langsam steht er auf. Plötzlich hat er eine Idee. „Wir könnten eine kleine Bühne aufstellen und die Geschichte spielen."

Die Verlegerin ruft mit dem Handy dem Hausmeister. Er ist schnell zur Stelle. „Wenn die Bühne klein sein darf, würde ich ein paar Paletten auslegen."

Es dauert nicht lange, so hat er vom hinteren Gebäudeanbau Paletten herbeigeschafft. Diese legt er nebeneinander aus. Eine Schauspielerin und ein Schauspieler kommen aus dem Verlagshaus, sehen sich Golos Text an.

- „Das kann ich sehr gut spielen", sagt die Schauspielerin und gibt dem Schauspieler ein Zeichen.

Er läuft zur Wiese, pflückt einen Wildblumenstrauß, während sie sich an den Rand der kleinen Bühne setzt. Dann kommt er angerannt. „Ich habe Blumen für dich gepflückt." Sie schlägt die Augen auf. „Danke vielmals! Setz dich doch zu mir."

Er nimmt Platz. „Gefallen dir die Blumen?"

- „Über die Massen", antwortet sie, „ich finde dich spitze, dass du mir einen Strauß gepflückt hast."

Das Haus am Ufer

Hinter der Wiese mündet der Weg in die Straße, wo sich zahlreiche Menschen versammeln und bewegen. Sie bilden eine lange Reihe und spielen eine Wellenbewegung, richten sich hoch auf, strecken die Arme, lassen sich fallen, gehen in die Knie. Fasziniert beobachtet Golo das Schauspiel. Plötzlich legen sich alle rücklings auf die Straße, drehen sich auf den Bauch, richten sich blitzschnell wieder auf, kommen auf die Füße zu stehen. Das Geräusch der sich bewegenden Menschen dringt ans Ohr. Dann eilen sie zu einem Brunnen, bilden mehrere konzentrische Kreise, die sich gegenläufig drehen. Wiederum kehren sie zur Straße zurück, dehnen sich zur Reihe aus. Paarweise reichen sie sich die Hand, tanzen rundum, werfen den Kopf in den Nacken. Das Tappen ihrer Schritte erzeugt eine eigene Musik. In einer endlos scheinenden Zweierreihe kommen sie auf Golo zu, heben die Arme über seinen Kopf, was wie die Bewegung einer Raupe aussieht. Nachdem das letzte Paar bei Golo durchgelaufen ist, lockert sich die Zweierreihe, und die Menschen jagen in freien Verbänden beidseitig an ihm vorbei. Weiter vorne auf der Straße drängen sie sich wieder in die lange Reihe, rücken einen Schritt vor, weichen 2 Schritte zurück. Langsam spreizen sie die Beine, bewegen den Oberkörper mit gestreckten Armen auf die linke, dann auf die rechte Seite.

Eine Frau wendet sich Golo zu. „Das ist unser gemeinsames

Turnen."

„Wie verständigt ihr euch auf die nächste Übung?" fragt Golo.

„Wir haben einen Ablauf", berichtet sie, „der stark verinnerlicht ist."

Sie schlägt einen Purzelbaum wie die ganze Reihe der Menschen, zunächst vorwärts, dann rückwärts. Sie stemmen die rechte Hand gegen den Boden, laufen in der Hockstellung darum herum. Als Nächstes strecken sie das linke, hierauf das rechte Bein nach vorne und nach hinten. Dann hüpfen sie, schütteln die Arme aus. Anschließend vollführen sie hohe Sprünge in die Luft, mit einer weich in den Knien federnden Landung.

„Mach doch auch mit", empfiehlt die Frau, „sich ein bisschen zu bewegen, ist für den Körper eine Wohltat."

Sie reiht sich wieder bei den Menschen ein, behält Golo im Auge. Diesmal kippen sie den Oberkörper nach vorne, richten sich auf und drücken die Schultern nach hinten.

„Es geht ja", ermuntert sie ihn und turnt rasch die nächste Übung. Abwechslungsweise werden die Arme gestreckt und fallen gelassen, wobei die Schultern eine Weile lose baumeln. Hierauf sind Schwimmbewegungen angesagt. Heftig rudernd begibt sich die Menge nach vorn zum anderen Straßenrand, legt die Arme an den Leib und trippelt rückwärts.

Ein Mann merkt, dass Golo mitturnt, zwinkert ihm zu. „Wir sind nie zu Viele. Wir freuen uns über jeden, der dazukommt."

Schon legen sich die Menschen erneut in Rückenlage auf den Boden, heben das Becken, stützen die Hände in die Hüften und strecken die Beine zur Kerze in die Höhe, bewegen sie, als würden sie Velo fahren. Es erfolgt ein weiches Abrollen übers Gesäß. Und mit Schwung kommen die Menschen wieder auf die Beine. Golo freut sich an den Bewegungen eines Mädchens, das alle Übungen mit Leidenschaft mitturnt. Es schaut genau hin, wie sich die anderen bewegen und setzt die Übungen auf seine grazile Weise um.

Golo entfernt sich von der Straße, schlägt einen Wiesenweg ein, der zum Fluss hinunterführt. Am Ufer, unter Bäumen, steht ein Haus. Golo klopft an die Tür. Niemand öffnet.

Eine Stimme lässt sich hinter ihm vernehmen. „Ist jemand zu Hause?"

Golo fährt herum. „Ich weiß es nicht."

Eine Frau tritt hinter einem Baum hervor. „Lass mich einmal probieren." Sie pocht heftig.

Die Tür springt auf. Ein Mann grüßt. „Entschuldigt, dass ihr so lange warten musstet. Als ihr das erste Mal geklopft habt, war ich nicht sicher, ob ich mich verhört habe."

- „Das ist nicht weiter schlimm", findet sie.

Der Mann weist mit dem Arm ins Innere. „Kommt herein! Was führt euch zu mir?"

Die Frau und Golo treten ein. Sie sagt: „Wir würden gern etwas trinken." Der Mann führt sie durch den Wohnraum zum Gartensitzplatz auf der anderen Seite des Hauses. Während sie es sich auf den Stühler gemütlich machen, holt er einen Krug, Gläser, Teelöffel und eine Dose. „Falls jemand Zucker braucht."

Die Frau streckt die Hand nach der Dose aus. „Ich habe

den Tee gern süß." Sie hebt den Deckel ab. „Da liegt ja ein zusammengelegtes Blatt darin." Sie klaubt es hervor. „Was könnte das sein?" Mit beiden Händen entfaltet sie es, streicht es auf dem Tisch glatt. „Es ist ein Plan. Hier ist dein Haus. Von da führt eine gestrichelte Linie zum Fluss, wo ein Kreuz eingetragen ist. Am Ende handelt es sich um einen Schatzplan."

Der Mann wirft einen Blick darauf. „Ich habe schon lange nicht mehr in die Zuckerdose geguckt. Wer hat wohl den Plan hineingesteckt?" Er guckt zum Fluss hinunter. „Die gestrichelte Linie zielt zum markanten Baum am Ufer. Wir könnten nachsehen, ob wir dort etwas finden."

- „Nimm eine Schaufel mit", rät die Frau, „vielleicht müssen wir graben."

Er holt eine Schaufel, schließt sich der Frau und Golo an. Sie hat den Plan in der Hand, geht voraus. Beim Baum vergleicht sie das Gelände mit dem Plan. „Zwischen den Wurzeln müsste der Schatz vergraben sein."

Der Mann schaufelt ein Loch. „Die Erde ist ziemlich locker." Die Frau späht. „Ich sehe eine abgehackte Wurzel."

Plötzlich gibt es einen hellen Klang. „Die Schaufel ist auf etwas Hartes gestoßen."

Der Mann gräbt darum herum. Ein goldener Fuß kommt zum Vorschein. Er hebt ihn aus der Grube. „Wenn das echtes Gold ist, muss der Fuß sehr wertvoll sein."

Die Frau fragt: „Was machst du damit? Behältst du ihn oder gehst du den Fund irgendwo melden?"

Der Mann reibt den Fuß sauber. „Ich behalte ihn, mache mich aber kundig, woher er stammen könnte."

Golo meint: „Wenn du etwas herausfindest, kannst du den

Fuß ja immer noch melden." Er verlässt den Uferweg und wendet sich der Landstraße zu.

Eine Skifahrerin fährt auf der Straße hinunter. „Meine Ski haben einen speziellen Belag. Du kannst auf jeder Unterlage fahren. Der Belag gleitet immer."

- „Das sind spezielle Ski", anerkennt Golo, „kannst du damit auch auf dem Gras und auf der Erde fahren?"

- „Wo und wie du willst", versichert sie, „das geht alles ohne Mühe." Sie schert von der Straße aus, biegt in die Wiese ein, gleitet fast schwebend über die Gräser.

Golo staunt, wünscht der Skifahrerin weiterhin gute Fahrt. Ein Coiffeur geht auf der Landstraße, spielt mit der Schere. „Du stehst so betrachtend am Straßenrand, als würdest du auf etwas warten. Darf ich dir ein Praktikum in meinem Geschäft anbieten? Es ist das größte Geschäft in der Gegend. Der Einsatz wird dir bestimmt gefallen."

Golo dankt für das Angebot. „Im Moment erkunde ich die Landschaft um den Fluss. Wenn ich Interesse an einem Praktikum habe, melde ich mich bei dir."

- „Vielleicht ist es dann zu spät", befürchtet der Coiffeur, „aber du kannst es immer versuchen."

Mit raschen Schritten läuft er die Straße hinunter. Golo schaut ihm nach. „Ich habe noch nie ein Praktikum gemacht", sagt er sich.

Er begegnet einer Drogistin. Sie wirft eine Tablettendose in die Luft und fängt sie mit beiden Händen. „Suchst du Abwechslung? Ich lade dich ein, ein Praktikum in meiner Drogerie zu machen. Da lernst du alles kennen, was für die Gesundheit wichtig ist. Ich würde dich persönlich begleiten."

Golo freut sich. „Das ist sehr freundlich. Jetzt gerade zieht mich die Flusslandschaft in Bann. Sobald ich sie mir angeschaut habe, überlege ich mir, was ich als Nächstes vorhabe."

- „Sicher kommst du dann bei mir vorbei und wir besprechen das Weitere", meint sie und geht auf die Stadt zu.

In der Nähe eines Schwimmbades zweigt ein Sträßchen von der Landstraße ab. Golo trifft einen Bademeister. „Du könntest ein Praktikum bei mir machen", schlägt er vor, „die Tätigkeiten in einem Badebetrieb sind vielfältig und versprechen viel Kontakt mit den Gästen."

Golo erwidert: „Ich bin gerade am Spazieren und habe noch gar nicht darüber nachgedacht, was ich als Nächstes tun könnte."

- „Das habe ich dir angesehen", fährt der Bademeister fort, „darum habe ich dich auch angesprochen. Ich werde persönlich dafür besorgt sein, dass sich dein Praktikum kurzweilig gestaltet und du dich trotzdem in die Abläufe vertiefen kannst."

- „Das tönt vielversprechend", anerkennt Golo, „wenn ich mich dazu entschließen kann, in deinem Betrieb ein Praktikum zu machen, komme ich gern auf dich zu."

Der Bademeister gibt zu bedenken: „Überleg es dir nicht zu lange! Praktikumsplätze im Badebetrieb sind überaus begehrt und rasch besetzt. Du kannst von Glück reden, dass ich dir noch einen anbieten kann."

Der Bademeister eilt ins Schwimmbad, während Golo den Weg zum Fluss einschlägt. Er lässt den Blick übers Ufer schweifen, zieht die Schuhe aus. Der Sand prickelt und knistert. Eine Frau begegnet ihm, lächelt. „Möchtest du

Präsident unseres Gesangsvereins werden?"

Er sagt: „Ich denke darüber nach."

Sie dankt ihm für die Antwort, geht den Fluss entlang.

Ein Mann kommt auf Golo zu. „Du könntest Präsident unseres Turnvereins werden, wenn du möchtest."

Golo erwidert: „Wollt ihr nicht lieber ein Mitglied wählen?"

Der Mann meint: „Du kannst ja bei der Gelegenheit auch Mitglied werden."

- „Dann brauche ich schon etwas Zeit, um es mir zu überlegen."

Der Mann wendet sich zum Gehen. „Du hast alle Zeit der Welt. Es eilt nicht. Ich sah dich und dachte, ich frage mal ganz unverbindlich."

Golo geht barfuß durch den Sand. Er trifft eine Frau. „Wie wäre es", fragt sie, „wenn du Präsident unseres Schwimmklubs würdest?"

Er hebt beide Hände vor die Brust. „Auf die Idee bin ich gar nicht gekommen. Das muss ich schon in aller Ruhe erwägen."

Sie dreht eine Pirouette. „Ich weiß, die Anfrage erfolgt etwas überraschend. Aber du musst die Antwort auch nicht sofort geben. Obwohl es manchmal hilfreich sein kann, einfach eine Zusage wie einen Sprung ins kalte Wasser zu riskieren."

Golo zieht das T-Shirt aus. „Das ist eine gute Idee. Ich werde einmal baden und dann kommt die Antwort wie von selber." Er legt das Shirt auf einen Felsen. Und während sie weitergeht, zieht er sich aus und springt in den Fluss. „Das war eine hilfreiche Idee. Im kühlenden Wasser kann ich viel besser nachdenken", ruft er ihr nach. Er schwimmt ein paar Züge hinaus. Zurück am Ufer, lässt er sich von der Sonne trocknen. Dann legt er die Kleider wieder an, folgt dem Weg. In die Baumwipfel wirft der Fluss Lichtspiegelungen. Das Wasser schimmert tiefblau. Ein Mann geht auf dem Uferweg vor sich hin, merkt auf, als er Golo sieht. „Du könntest Präsident unseres Wandervereins werden. Unsere Mitglieder sind viel zu Fuß unterwegs. Wenn ich dich so einherschreiten sehe, halte ich dich für den geeigneten Mann."

Golo dankt für die Einschätzung. „Sicher gibt es noch tüchtigere Wanderer, die das Zeug zu einem Präsidenten haben."

- „Ich habe nun mal auf deinen Gang geachtet", fährt der Mann unbeirrt fort, „und darum frage ich dich in vollem Ernst an: Möchtest du es werden? Ja oder nein?"

Golo holt tief Atem. „Ich mache mir zunächst ein Bild vom Fluss und seinem Ufer. Doch dann, wenn ich dich wiedersehe, gebe ich dir Bescheid."

Der Mann deutet haarscharf an Golo vorbei. „Mein Haus steht da hinten. Du kannst es nicht verfehlen."

Golo dreht sich um, betrachtet das Haus am Ufer. „Ist gut. Wenn ich wieder vorbeikomme, schaue ich herein."

Der Geschichtenatlas

Auf dem Weg zu einem Waldberg trifft Golo einen Mann, der ihm gesteht: „Ich möchte am liebsten eine Banane sein."

- „Wieso?" fragt Golo.

Der Mann meint: „Das gefällt mir einfach. Darum möchte ich es sein."

Sie finden am Wegesrand eine riesige Bananenschale. Der Mann stürzt sich hinein und verwandelt sich in eine Banane. Golo schleppt sie vom Wegesrand in die Wiese. „Eine Banane dieser Größe ist ordentlich schwer. Ich träume nicht. Ich spüre das Gewicht", sagt er sich.

Die Banane dankt ihm. „Das ist sehr freundlich, dass du mich aus dem Weg geräumt hast. So wird niemand mit mir zusammenstoßen." Sie wächst zu einem riesigen Bogen, glitzert farbig. „Nun möchte ich lieber ein Regenbogen sein."

Golo geht weiter, kommt zu einem Gartenrestaurant, mit Sonnenschirmen, Stühlen und Tischen unter den weiten und hohen Baumkronen. Eine Frau sagt: „Möchtest du meine Fernbedienung sehen?"

- „Gern", erwidert Golo, „was lässt sich hier fernbedienen?"

Die Frau drückt auf einen Knopf und die Lampe, die an einem Sonnenschirm hängt, leuchtet. Sie wählt einen anderen Knopf. Die Klingel läutet. Ein Kellner kommt, erkundigt sich nach ihren Wünschen. Die Frau setzt sich, bestellt einen Tee.

Golo setzt seine Wanderung zum Waldberg fort, begegnet einem Mann, der sorgfältig den Abfall trennt. „Für alle Arten von Abfall habe ich einen speziellen Behälter. Hast du irgendetwas zum Entsorgen?"

Golo klopft seine Taschen ab. „Leider nichts."

- „Das ist schade", sagt der Mann, „in der Regel haben die Leute das Problem, und ich habe die Lösung. Man kann fast alles recyclen."

Beim Eingang in den Bergwald breiten urwüchsige Bäume ihre Kronen aus. Golo tritt in den kühlenden Schattenraum. Eine Frau sammelt Reisig, beigt es auf einen Haufen, erzählt Golo, was sie vorhat: „Bald finden die Wahlen statt. Ich wähle Kandidatinnen der grünen Partei. Ich kann sie dir nur empfehlen." Sie setzt sich auf einen Baumstrunk, streckt die Beine aus.

Golo fragt: „Was gefällt dir an den Wahlen?"

Sie zieht die Beine an, steht rasch wieder auf: „Wahlen gefallen mir, weil ich aufs politische Geschehen Einfluss nehmen kann."

Er wendet sich zum Gehen. „Ich wünsche für dich, dass du mit dem Ausgang der Wahlen zufrieden sein wirst."

Durch den Bergwald schlängelt sich der Weg um dickstämmige Buchen, führt zu einem Bauernhof, der mitten in einer Wiese steht. Der Bauer freut sich über den Besuch. „Du musst unseren Hof anschauen, vor allem die Hühner." Golo sieht sich den groß angelegten Hühnerhof an. Die Bäuerin tritt aus der Umzäunung hervor, schließt das Gatter. „Die Hühner erhalten nur biologisches Futter. Darum glänzt ihr Gefieder. Sie sind nie krank." Sie fügt bei: „Die Zusammensetzung des Futters ist mein kleines Geheimnis. Ich verrate es niemandem."

- „Vielleicht verrätst du es andern Hühnerhaltern. Dann geht es ihren Hühnern auch gut", empfiehlt Golo. Er verlässt den Bauernhof, findet einen Weg, der zu einer Anhöhe über der Stadt führt. Im Garten vor seinem Haus sitzt ein Mann unter dem Sonnenschirm und studiert ein Manuskript. Er schaut auf, gibt Golo einen Wink. „Interessierst du dich für Märchen?" fragt er.

Golo tritt näher. „Wie meinst du das?"

Er erklärt: „Ich erforsche die Märchen und schreibe darüber. Im Moment beschäftige ich mich mit Schneewittchen. Wenn du die Märchen mit den Augen des Forschers liest, stellen sich dir viele Fragen."

Mit einer einladenden Geste bietet er Golo einen Platz an. Golo rückt den Stuhl, setzt sich. Der Forscher möchte wissen: „Was gefällt dir an diesem Märchen?"

Golo lässt sich die Geschichte durch den Kopf gehen. „3-mal wird Schneewittchen gerettet. Das hat mich schon als Kind beeindruckt."

Der Forscher berichtigt: „Eigentlich sind es 4 Mal. Der Jäger lässt Schneewittchen leben, führt den Auftrag der Stiefmutter nicht aus. Und somit ist Schneewittchen das erste Mal gerettet."

Golo erinnert sich. „Du hast recht. 4-mal entrinnt es dem Tod."

- „Gehst du in die Stadt?" erkundigt sich der Forscher.

Mit einem Ruck richtet sich Golo auf, blickt auf die Stadt hinunter. „Es interessiert mich, sie und den Wald in ihrer Nähe zu betrachten.."

Der Forscher drückt ihm einen Brief in die Hand. „Bei der Gelegenheit könntest du einem Professor diesen Brief abgeben. Er wohnt in der Villa vor dem Stadttor. Du kannst sie kaum verfehlen."

Mit dem Brief in der Hand macht sich Golo auf den Weg. Vom Haus des Forschers erstreckt sich ein Weg durch die Wiese zur Landstraße, die in die Stadt einbiegt. Vor dem Tor steht, leicht erhoben, die Villa. Golo steigt zu ihr hinauf, muss nur kurz klingeln. Schon lassen sich schlurfende Schritte vernehmen. Der Professor macht die Tür auf, nimmt den Umschlag entgegen. Er bittet Golo herein, sagt: „Ich bereite gerade eine längere Rede vor. Gut, dass du gekommen bist, da kann ich dir Fragen stellen." Sie setzen sich im Salon in bequeme Sessel. Der Professor schenkt ihm Tee ein, fragt: „Hast du lieber längere oder kürzere Reden?"

Golo lehnt zurück. „Wenn die Rede spannend ist, darf sie ruhig etwas länger dauern."

Der Professor hebt die Augenbrauen. „Und was macht eine Rede spannend?"

- „Wenn immer neue und überraschende Fakten und Wendungen kommen", antwortet Golo.

Ruhig holt der Professor ein paar Blätter aus seinem Büro, trägt Golo einen Satz aus der Rede vor: „Wenn die Zeit vergeht, hinterlässt sie Spuren." Er blickt Golo an. „Was findest du an diesem Satz neu und überraschend?"

Golo empfiehlt: „Schreibe es so: Wenn die Zeit vorüberrast, reißt sie Blätter mit."

Der Professor schmunzelt, ändert den Satz in seiner Rede. „Danke für den Hinweis! Ich werde die ganze Rede in diesem Sinn neu schreiben."

Golo erhebt sich aus dem Sessel. „Es ist nur eine Möglichkeit. Sicher findest du ganz viele spannende Wörter und Wendungen."

Der Professor begleitet ihn zu Tür. „Ich bin zuversichtlich."

Nachdem Golo das Haus und den Garten des Professors verlassen hat, gerät er auf den Weg zu einer Kirche. Das Tor ist offen. Eine Frau ist damit beschäftigt, eine Marienfigur aufzustellen. Sie steht nur auf einem Bein und kippt, sobald sie die Frau loslässt. „Was könnte ich tun?" fragt sie Golo, der in die Kirche späht.

Er tritt ein. „Vielleicht sollte die Figur gar nicht frei im Raum stehen, sondern gegen eine Stufe lehnen, worüber man zum Podest des Altars steigt."

Die Frau lehnt die Figur an die Stufe. „Da steht sie wirklich." Überschwänglich bedankt sie sich für den Tipp. „So steht sie und ist erst noch für alle, die in die Kirche kommen, sichtbar."

Hinter der Kirche beginnt der Wald. Hohe Bäume breiten ihre Kronen über Golo aus. Die Zweige fächeln im Wind. Ein Waldarbeiter lichtet Föhren aus. Er schreitet durch den Jungwuchs, schneidet Äste und ganze Stämmchen weg. „Ich stelle mir die Lichträume vor, die das optimale Wachstum begünstigen", sagt er zu Golo.

Tiefer im Wald begegnet Golo einem Waldarbeiter, der mit der Kettensäge mächtige Buchen umsägt. „Hier wollen wir den Wald verjüngen", erklärt er Golo in einer kurzen Pause, „wir schaffen neuen Raum für den Jungwuchs."

Immer tiefer schreitet Golo in den Wald hinein, erlebt die Magie von Licht und Schatten, wo die Wege aufhören, undurchdringbares Dickicht zum Ausweichen zwingt. Hier verliert sich der Lärm der Säge. Knorrig wachsen Wurzeln. Flechten überziehen die Bäume. Nur langsam kommt Golo voran. Plötzlich lichten sich die Bäume. Er kommt an den Rand des Waldes, begegnet einer Frau. Sie sagt: „Ich muss mich beeilen. Es gibt eine Zivilschutzalarmübung." Sie läuft den Hangweg hinunter. Golo schaut ihr nach, geht langsam zur Stadt hinunter, wo sich Menschen in orangen und braunen Kleidern versammeln. Sie stellen eine Leiter an und helfen einem Mann, aus dem 2. Stock eines Hauses zu klettern. Die Tür eines Stadthauses geht auf. Eine Kindergartenlehrerin und viele Kinder kommen auf die Straße, gucken der Übung zu. Sie gehen mit der Lehrerin durch die Stadt, sehen sich alle Übungen an. An einem Ort werden Verbände geübt. Um die Altstadt verläuft ein Wall, eine hohe Mauer. Die Leute bringen Leitern in Stellung, klettern darüber. Die Kinder gehen auf dem Spielplatz klettern. Es hat dort eine Kletterwand, Stangen und Sprossen. Nach dem Klettern folgen andere Übungen: Die Menschen ziehen sich in Räume mit dicken Wänden zurück, während die Kinder sich in große Röhren und kleine Häuschen begeben. Ein Vater begleitet seinen Sohn zum Außenspielplatz des Kindergartens und stellt ihn vor: „Er liebt es, sich zu verstecken und wegzurennen, wenn man ihn ruft. Könnt ihr ihn trotzdem im Kindergarten aufnehmen?" Die Kindergartenlehrerin reicht dem Jungen die Hand. „Wir nehmen alle Kinder auf und sorgen dafür, dass sie sich wohlfühlen. Dann mögen sie auch zuhören und kommen, wenn ich sie rufe." Der Vater ist beruhigt, verabschiedet sich vom Sohn. „Mach es gut, ich komme dich dann abholen."

Auf einem Platz in der Altstadt steht ein Steinway Konzertflügel. Golo setzt sich auf die Klavierbank, beginnt zu spielen. Eine Frau bringt Stift und Notenpapier. Er komponiert Musik zu Wörtern, die ihm einfallen. Daraus entsteht eine wunderbare Folge von Klängen, die an Lieder erinnert. 4 Männer kommen und fragen, ob sie die Noten anschauen dürfen. Sie legen sie auf den Konzertflügel, singen sie im Quartett mit spontanen Lauten. Golo hört ihnen zu. Nachdem der Schlussakkord verhallt ist, klatscht er und sagt: „Ich schenke euch die Noten."

Die Männer bedanken sich. Ein Mann plant: „Wir finden einen Text. Dann können wir die Noten als Lieder singen." Golo freut sich. „Das ist ganz in meinem Sinn." Er geht weiter durch die Altstadt. Wie ein Film zieht die bunte Reihe der Giebelhäuser an ihm vorbei. Eine Frau schaut zum Fenster hinaus, lehnt auf den Sims. Sie weist auf die Stühle und den runden Tisch, die auf dem Gehsteig stehen. „Nimm doch Platz! Ich komme gleich zu dir herunter." Golo rückt einen Stuhl, setzt sich an den Blechtisch. Die Tür geht auf. Die Frau bringt auf einem Tablett eine Flasche mit einem melonenorangen Getränk und eine Schale mit eingelegten Früchten. Golo fragt: „Was ist das für ein Getränk?"

- „Das ist ein spezieller Fruchtwein", erklärt sie, „willst du ihn probieren?"

Er lächelt. „Lieber hätte ich ein Glas Wasser."

Sie macht auf dem Absatz kehrt. „Auch das kann ich bringen. Soll ich die Früchte auch wieder mitnehmen? Sie sind nämlich in Kirsch eingelegt."

- „Wenn es dir nichts ausmacht", erwidert Golo, „mit einem Glas Wasser bin ich vollkommen zufrieden."

Als sie das Wasser bringt, erkundigt sie sich: „Trinkst du keine alkoholischen Getränke?"

Er erklärt: „Ich bevorzuge frische Sachen."

- „Das nächste Mal frage ich zuerst, bevor ich etwas auftische", nimmt sie sich vor, „interessierst du dich für einen Atlas?"

Golo hebt den Kopf. „Einen Atlas mit Karten?"

Sie läuft ins Haus, kehrt mit einem dicken Buch zurück. Als Golo es öffnet und den Finger auf eine Karte legt, entsteht eine lebendige Geschichte. Figuren treten aus dem Buch heraus. Sie bringen Golo massenweise Shorts, schichten hohe Beigen auf. „Wenn es so heiß ist", sagt ein Mann, „sollte man kurze Hosen tragen." Die Beigen werden immer höher. Jede Figur, die aus dem Atlas kommt, bringt Hosen mit. Rasch blättert Golo die Seite um, legt den Finger auf eine neue Karte. Neue Figuren drängeln aus dem Buch, decken Golo mit Jeans ein. Rund um Golo schichten sie die Hosen auf. Golo steht auf, weicht vor den wankenden Türmen Shorts und Jeans zurück.

Die Frau fragt: „Könntest du sonst noch etwas brauchen? Dann blättere ruhig die Seite um."

Das Küken aus dem Zylinder

Von einem Waldweg gerät Golo auf einen Platz, wo 2 Männer Fangen spielen. Fast wäre es dem Fänger gelungen, den anderen Mann zu fangen. Doch dieser steigt schnell in ein Solarmobil und fährt davon. Auf der gegenüberliegenden Seite des Platzes steht ein Solarreisebus. Der Fänger setzt sich ans Steuer. „Das wäre doch gelacht, wenn ich ihn nicht einhole", ruft er sich zu und nimmt die Verfolgung auf. Golo blickt den Fahrzeugen nach.

Hinter ihm fragt eine Stimme: „Willst du übers Wasser fahren?"

Er dreht sich um. Eine Frau weist zum Fluss, wo eine Fähre vertäut ist.

„Das gefällt mir", antwortet er und folgt ihr. Über die ufernahen Steine murmelt das Wasser. Blasen gluckern an die grünblaue Oberfläche. Golo betritt die Fähre. Die Frau steigt zu, löst die Vertäuung. Leise gleitet die Fähre über den Fluss. Am anderen Ufer steigt Golo aus und bedankt sich für die Überfahrt. Er findet einen Wanderweg, der in die Stadt hineinführt. Ein Mann kommt auf ihn zu: „Möchtest du meinen Lichthof sehen?"

- „Wo ist er?" erkundigt sich Golo.

Der Mann zeigt ihm sein Haus. Es befindet sich gleich hinter dem Stadttor. „Wir stehen fast davor."

Sie treten ein, gelangen durch einen Gang in einen grünen

Innenhof, worin hohe Bäume wachsen. Die Mauern sind mit Efeu überwachsen. „Er zaubert in alle angrenzenden Räume grünes Licht", berichtet der Mann und führt Golo in ein Zimmer, das ganz in den Schimmer des Innenhofs getaucht ist. Vom Haus mit dem Innenhof sind nur wenige Schritte zu einem langgezogenen Gebäude zu gehen. Darin findet eine Buchvernissage statt. Eine Frau begrüßt Golo: „Es freut mich, dass du kommen konntest." Sie begleitet ihn in einen Saal. Die Leute klatschen, als Golo eintritt. Der Referent bittet alle aufzustehen, die am Buchprojekt beteiligt waren. Golo staunt, wie viele Leute es sind. Nachdem sie sich wieder gesetzt haben, hält der Referent eine kurze Rede. „Euch ist zu danken, dass das Buch nun vorliegt." Im Anschluss bittet die Frau Golo auf die Bühne. Er liest Geschichten vor. Nach der Lesung signiert er Bücher. Dann verlässt er das langgezogene Gebäude und wandert den Fluss entlang. Im glasklaren Wasser funkeln Sonnenstrahlen. Strudel kringeln an der Oberfläche. Der Zweig einer Buche ragt in den Fluss, zieht Rillen. Blaue und grüne Farbtöne spielen in der Strömung, gehen ineinander über. Ein Mann fährt mit seinem Fahrrad vor. Vorn an der Lenkstange, über dem Vorderrad ist ein großer Bücherkoffer montiert. „Das neue Buch von Golo ist da."

Golo sagt: „Das weiß ich. Ich war an der Buchvernissage." Erst jetzt schaut der Mann genau hin und erkennt Golo. „Das ist mir auch noch nie passiert, dass ich einem Autor das eigene Buch anbot."

- „Vieles geschieht zum ersten Mal", beschwichtigt ihn Golo.

Eine Frau treibt auf einem aufblasbaren Sessel den Fluss hinunter. „Gebt mir etwas zu lesen. Dann kann ich die Fahrt doppelt genießen."

Der Mann krempelt die Hosenbeine hoch, zieht die Schuhe aus, watet durchs Wasser und reicht ihr ein Buch. „Das neueste Werk von Golo." Die Frau dankt, schlägt es auf und liest. Der Mann und Golo schauen ihr nach. Dann schwingt sich der Mann aufs Rad, fährt den Uferweg entlang.

In geruhsamem Gang schreitet Golo voran, bis er einem Mann begegnet, der ihm seine Geschichte erzählt: „Ich flog nach Indien. Dort lernte ich eine Frau kennen. In der letzten Nacht vor dem Heimflug schlief ich mit ihr. Als ich nach einem Jahr wieder in Indien war, hatte sie ein Kind geboren. Wir beschlossen zu heiraten und eine Familie zu gründen. Zuerst feierten wir die Hochzeit in Indien, dann hier. Jetzt haben wir 3 Kinder."

Über der Uferböschung steht ein Haus. Eine Frau fragt Golo: „Möchtest du unseren Garten anschauen?"

Er steigt zum Garten hinauf, betrachtet die Sonnenblumen. „Sie strahlen in einem wunderbaren Gelbton."

Ein Mann sitzt im Liegestuhl. „Ich bin am Lesen der Zeitung. Sie berichtet mir von allen Geschehnissen der Welt."

Golo sagt: „Dann möchte ich nicht länger stören."

- „Du störst nicht", versichert der Mann und liest weiter.

Golo kehrt zum Uferweg zurück, lässt den Blick über den Fluss gleiten. Sonnenglitzern hängt über dem Wasser. Eine Frau kommt ihm entgegen. Sie sagt: „Ich möchte einen Vorhang aussuchen, weiß aber nicht recht, wie ich mich entscheiden soll. Kannst du mir helfen?"

Golo begleitet sie in ein Möbelhaus, das auch Vorhänge anbietet. Der Verkäufer führt sie einen Raum, in dem unzählige Vorhänge hängen. Er fragt: „Was darf es sein? Soll er weiß oder farbig sein?"

Die Frau möchte einen farbigen Vorhang: „Ich hätte gern einen enzianblauen."

Er geht zu einem Drehgestell, setzt es in Bewegung. Die Vorhänge flattern im Stoffkarussell. Bei einem enzianblauen stoppt er das Gestell. „Was sagst du dazu?"

- „Das ist genau der Vorhang, von dem ich geträumt habe", erwidert sie und sieht Golo fragend an. „Soll ich ihn nehmen?"

Er rät: „Wenn es der Vorhang ist, von dem du geträumt hast, wird er dir sicher dienen."

Der Verkäufer nimmt ihn vom Gestell, legt ihn zusammen und schlägt ihn in Papier ein. „Darf ich dir das Paket so mitgeben?"

- „Das passt", findet sie, geht mit Golo aus dem Möbelhaus. „Jetzt wird es spannend. Hilfst du mir, den Vorhang aufzuhängen?"

Sie schlagen den Weg zu ihrem Haus ein. Es befindet sich am Rand der Stadt, in etwas erhöhter Lage über dem Fluss. Im Wohnraum stellt sie sich auf eine Bockleiter. Golo reicht ihr den Vorhang. Sie führt ihn in die Schiene ein, springt von der Leiter und zieht ihn. „Jetzt kommt der entscheidende Moment. Wie ist er?"

Golo stemmt die Arme in die Hüfte. „Wenn das mein Haus wäre, und ich würde mir einen Vorhang wünschen, käme ich auch auf diese Lösung."

Er lässt sie zufrieden im Haus zurück, begibt sich in die

Stadt, flaniert durch die Straßen und Gassen. Ein Mann spricht ihn an: „Wunderbar ist es, im Frieden zu leben. Wir können frei umhergehen, die Welt betrachten und müssen uns nicht fürchten."

Golo fragt: „Wie kommt es, dass du über den Frieden nachdenkst?"

Der Mann meint: „Es ist nicht selbstverständlich, dass ein Land in Frieden lebt. Deshalb müssen wir uns stets damit beschäftigen."

- „Das ist eine gute Idee", findet Golo. Er reiht sich bei der Post in eine Warteschlange ein. „Worauf warten all die Leute?" fragt er die Frau, die vor ihm ansteht.

„Es sind neue Briefmarken herausgekommen. Alle möchten einen Block davon bekommen", erklärt sie.

Als Golo an der Reihe ist, erkundigt sich die Angestellte: „Was hättest du gern?"

Er tritt näher. „Wie sehen die neuen Briefmarken aus?"

Sie weist auf den Block. „Sie zeigen unsere einheimischen Singvögel, das Rotkehlchen beispielsweise und die Mönchsgrasmücke."

Er nimmt einen Block, verlässt das übervolle Postgebäude. Ein Junge eilt auf ihn zu. „Hast du die neuen Briefmarken?"

Golo zeigt sie ihm und möchte wissen: „Gehst du sie dir auch besorgen?"

Der Junge bedauert: „Ich habe leider kein Geld."

Da schenkt ihm Golo den Satz. Überaus glücklich rennt der Junge davon. Auf der Straße liegt ein Buch. Golo hebt es auf. Es enthält Klaviernoten und Gedichte. „Damit ließe sich eine abwechslungsreiche Lesung gestalten", sagt er sich.

Eine Frau kommt ihm entgegen. „Interessierst du dich für Bücher?"

Golo blickt auf. „Ich fand dieses Buch auf der Straße. Es muss jemandem aus der Tasche gerutscht sein."

Die Frau fragt: „Darf ich einmal hineinschauen?"

Er reicht ihr das Buch. „Damit lässt sich durchaus ein Programm für einen Anlass mit Gedichten und Musik zusammenstellen."

Sie blättert darin. „Überlässt du mir das Buch? Ich würde gern eine Veranstaltung planen."

- „Du kannst es behalten", antwortet er, „es freut mich, wenn du etwas damit anfangen kannst."

Auf dem weiteren Weg durch die Stadt trifft Golo einen Mann. Er berichtet: „Ich stehe vor einer schweren Entscheidung. Ich habe Bauland erworben. Nun hat sich meine Situation verändert."

Golo hört ihm aufmerksam zu. „Was hast du vor?"

- „Wahrscheinlich werde ich es wieder verkaufen", bedauert der Mann.

„Was ist denn anders geworden?" erkundigt sich Golo.

Der Mann holt tief Atem. „Ursprünglich wollte ich aufs Land ziehen. Jetzt habe ich eine Frau kennengelernt, die lieber in der Stadt lebt. Darum suche ich hier ein Haus."

- „Wenn du es findest, fällt es dir leicht, dich zu entscheiden", ermutigt ihn Golo.

Das Gesicht des Mannes hellt sich auf. „Das ist sehr wohl möglich."

Golo sieht sich in der Stadt um, gelangt vor ein Hallenbad. Eine Frau bittet ihn: „Komm herein! Das musst du unbedingt sehen."

Er folgt ihr ins Innere, wo ein künstlicher Strand mit Sand und Sonnenschirmen angelegt worden ist. Das Becken fällt sanft gegen das tiefe, türkisblaue Wasser ab. Sonnenliegen sind ausgelegt. In Töpfen stehen Palmen. Die Badegäste tummeln sich im Wasser. Im Sand spielen die Kinder. Golo anerkennt: „Der Strand ist sehr aufwändig angelegt worden."

Sie fragt: „Möchtest du auch baden?"

- „Lieber im Freien", gesteht er, verlässt das Hallenbad. Er durchquert die Stadt, geht über eine Brücke und sucht am Ufer einen geeigneten Badeort. Schon bald sieht er eine Sandbank, steigt zum Fluss hinunter, zieht die Kleider aus, schwimmt hinüber, legt sich in den Sand. Erhitzt von der Sonne, netzt er sich zuerst gut an, bevor er wieder ins Wasser springt und zum Ufer zurückschwimmt. Von der Sonne lässt er sich trocknen, schlüpft in die Kleider, spaziert das Ufer entlang. Ein Reiher gleitet über den Fluss. Golo gerät vor ein Haus. Ein Mann öffnet die Glastür. „Möchtest du Musik hören? Da bist du bei uns richtig." Golo betritt einen lichterfüllten Raum, worin leise Harfenmusik tönt.

„Der Raum", sagt der Mann, „übernimmt die Lichtspiele des Flusses und setzt sie in Musik um."

Golo lässt die Musik auf sich wirken. Vor seinem inneren Auge fließt das in der Sonne glitzernde Wasser vorbei. Er geht wieder ins Freie und sieht die lichtfunkelnde Strömung blinken. Die Musik klingt in seinem Ohr nach, bis er einer Frau mit 3 Töchtern begegnet. Sie spielen am Ufer im Sand. Die Frau erzählt ihm: „Meine Kinder sind in einer anderen Kultur aufgewachsen und müssen sich erst an das Leben hier gewöhnen. Sie lernen viel im Spiel. Willst du es sehen?" Sie geht mit den Töchtern zu einem Spielplatz. Sie mischen sich unter die anderen Kinder. Die jüngste trifft sich im Sandplatz, die zweitjüngste spielt Verstecken, die älteste läuft beim Fußballspielen mit. Golo sieht zu, wie sie aufgenommen werden. Am Rand des Spielplatzes verharrt die Frau eine Weile aufmerksam, bevor sie den Töchtern winkt und geht. Golo wandert um den Spielplatz herum, findet einen neuen Weg, der zum Fluss hinunterführt.

Dort trifft er einen Mann. Er hat einen Zylinder auf dem Kopf, zieht ihn ab und holt ein Ei heraus. Dann legt er es zurück, setzt den Zylinder auf. Als er ihn wieder abhebt, hüpft ein Küken auf seinen Arm heraus. Er wartet, bis das Küken in den Zylinder zurückkehrt, bevor er ihn wieder anzieht. Beim nächsten Abheben zeigt er Golo den leeren Zylinder.

„Wie machst du das?" möchte Golo wissen, „wo sind das Küken und das Ei?"

- „Verschwunden", sagt der Mann, verbeugt sich tief und setzt den Zylinder auf.

Das Tagpfauenauge

Über einen Kiesweg gelangt Golo in eine Stadt, auf dessen Markplatz ein Podest errichtet worden ist. Es ist eine Art Siegerpodest. Die Stufe, die mit Rang 1 angeschrieben ist, ragt am höchsten auf. Links und rechts, jeweils etwas niedriger, sind Stufen, die mit Rang 2 und 3 bezeichnet sind. Das Ganze ist für eine Spaßfotografie eingerichtet. Wer sich gern als Sieger ablichten möchte, darf sich auf die oberste Stufe stellen, ein Beil schwingen, als hätte er Kämpfe mit einem Beil siegreich bestanden. Ein Mann drängt seinen Nachbarn: „Nimm ein Beil und stelle dich auf die oberste Stufe. Du nimmst eine Siegerpose ein, als hättest du mehrere Kämpfe gewonnen."

- „Aber das wären ja furchtbare Kämpfe", wendet der Nachbar ein, „ich kann mir nicht vorstellen, dass der Sieger sich freuen würde."

- „Das Ganze ist ein Spiel", beschwichtigt ihn der Mann, „der Spaß besteht auch darin, dass du dir nicht allzu viel dabei denkst."

Mit diesen Worten schiebt er den Nachbarn aufs Podest und reicht ihm ein Beil. 2 Männer stellen sich auf die Ränge 2 und 3, lächeln in die Kamera. Der Mann gibt dem Nachbarn Anweisungen: „Richte dich auf! Drücke die Brust heraus!"

Bevor der Nachbar dazu kommt, Einwände gegen die Pose und das Beil zu stellen, hat der Mann den Auslöser gedrückt. Die Fotografie kommt aus einem bereitgestellten Drucker. Der Mann schenkt sie dem Nachbarn mit den Worten: „Wenn du sie in deinem Bekanntenkreis zeigst, gibt es sicher viele Lacher."

Der Nachbar gibt ihm das Beil zurück. „Ich weiß noch nicht, was ich mit der Fotografie anfangen werde."

Während sich der Nachbar mit dem Mann unterhält, stellt sich ein Statist für eine Reklame aufs Podest. Sein Beil ist mit einer Käsemarke angeschrieben. Aus einem großen Laib Käse hackt er ein Stück. Die Menschen, die sich ums Podest versammeln, lachen herzhaft. Golo wundert sich und zieht sich in eine Straße zurück, die aus der Stadt hinausführt, gelangt in eine kleine Siedlung, wo eine Frau die Nachbarschaftsverhältnisse lobt. „Wir kommen gut mit den Nachbarn aus und tauschen uns täglich aus. Wenn sie etwas im Überschuss haben, geben sie es uns. Und wir pflegen sie auch zu beschenken."

In diesem Augenblick mischt sich die Nachbarin ins Gespräch: „Wir haben doch neulich über eine Creme gesprochen. Gerne zeige ich dir, wie ich sie koche."

Die Frau sagt zu Golo: „Komm auch mit!"

Sie folgen der Nachbarin in die Wohnküche, wo sie Milch in eine Pfanne gießt. In die kochende Milch rührt sie ein Schokoladenpulver ein. „Das Umrühren ist wichtig, dass keine Knollen entstehen." In einer Schale lässt sie die Creme abkühlen. „Bald können wir sie versuchen. In der Zwischenzeit können wir in den Garten gehen."

In diesem Moment fährt eine Kutsche bei der Siedlung vor. 2 Schimmel sind eingespannt, wiehern. Der Kutscher steigt vom Bock, sieht sich um. „Wer möchte mitfahren?"

Die Frau rät Golo: „Steig ein! Eine Kutschenfahrt wird dir nicht jeden Tag angeboten."

Der Kutscher öffnet die Tür. „Es eilt nicht. Du kannst es dir in aller Ruhe überlegen."

Golo setzt sich in die Kutsche. „Ich freue mich auf die Fahrt."

Schwungvoll schließt der Kutscher die Tür, nimmt auf dem Bock Platz, schnalzt mit der Zunge, worauf die Pferde lostraben. Er lenkt die Kutsche über schmale Landsträßchen in eine große Stadt, wo er vor einem Geschäft anhält. „Geh hinein und sieh dich um. Vielleicht findest du etwas, was dir gefällt."

Golo steigt aus, betritt das Geschäft. Ein süßlicher Geruch dringt an seine Nase. An Gestellen hängen Karnevalskostüme in langen Reihen. Eine Frau kommt aus dem Hintergrund. „Hast du schon eine bestimmte Vorstellung? Wie möchtest du dich verkleiden?"

Golo antwortet: „Ich möchte mich nur einmal umsehen." Er streift durch die Gestelle, wählt ein Harlekinkostüm aus, geht sich in einer Garderobenkabine umziehen und betrachtet sich im Spiegel.

Die Frau schlägt die Augen auf, als er aus der Kabine tritt. „Das Kostüm sieht wie für dich genäht aus. Es trifft sich gut, dass du es angezogen hast. In der Stadt ist ein Kostümfest."

Golo verlässt das Geschäft, sucht den Rathausplatz auf und mischt sich unter die maskierten und kostümierten Menschen. Ein Mann zeigt ihm ein paar Tanzschritte. Er probiert sie aus. Frauen ziehen ihn in den Strudel der tanzenden Menge. Ausgelassen bewegt er sich, tanzt frei oder lässt sich von den rhythmischen Bewegungen um ihn herum anregen. Mit wippenden Schritten begibt er sich an den Rand des Platzes, kehrt zum Kostümgeschäft zurück.

„Wie war es?" fragt die Frau.

„Ich habe ausgelassen getanzt", erwidert Golo, zieht sich um. Wieder in seinen Kleidern, macht er eine kleine Wanderung auf den Berg über der Stadt. Der Waldweg kreuzt eine Passstraße, wo ein Mann in seinem Solarmobil sitzt. „Ich habe das Gefühl für mein Auto verloren und kann nicht weiterfahren", klagt er.

Golo rät ihm: „Steig aus! Geh ein paarmal um das Auto herum. Dann wird das Gefühl schon wieder kommen."

Der Mann atmet tief durch. „Danke für den Tipp! Ich habe mir nicht mehr zu helfen gewusst." Er läuft in kleinen und großen Kreisen um seinen Wagen herum. Dann klemmt er sich hinter das Steuer, startet den Motor. „Jetzt geht es wieder", sagt er, „willst du mitfahren?"

Golo entgegnet: „Ich habe heute schon eine weite Fahrt in einer Kutsche erlebt. Nun bin ich lieber wieder zu Fuß unterwegs."

Der Mann fährt los: „Wie du meinst. Es war ein Angebot."

Golo wandert weiter über den dicht bewaldeten Bergrücken. Er betrachtet das Reh, das ihn anschaut, bevor es zwischen den Stämmen verschwindet. Auf der Westseite des Bergs lichtet sich der Wald. Pfauenauge und Trauermantel gaukeln von Blüte zu Blüte über die Blumenwiese. Der Blick weitet sich auf die Waldberge ringsum. Beim Abstieg in die Stadt begegnet ihm eine Frau. „Bist du viel zu Fuß unterwegs?"

Golo erwidert: „Es macht mir Freude, auf Spaziergängen die Landschaft zu erkunden."

- „Du musst schauen", findet sie, „dass das Kulturelle nicht zu kurz kommt. Was darf ich dir schenken? Eine Einladung zu einer Vernissage? Einen Eintritt fürs Kino?"

Er schiebt die Hände ineinander. „Wenn ich die Wahl habe, nehme ich gern die Einladung zur Vernissage."

Sie kramt in ihrem Rucksack. „Du hast Glück. Es findet eine Vernissage von künstlerisch gestalteten Sonnenbrillen statt." Schwungvoll übergibt sie ihm die Einladung.

Er liest sie durch. „Lange dauert es nicht, und sie wird beginnen", stellt er fest, „da gehe ich hin." Die Frau begleitet ihn.

In ausgedehnten Schleifen durch die Blumenwiese führt ein Weg zum Stadtrand, wo am Ende einer malerischen Gasse eine Galerie die Tür weit geöffnet hält. Die Gäste erwartet ein Raum, an dessen Wänden und auf Tischen Sonnenbrillen ausgestellt sind.

„Wir haben 2 Gestaltungseinheiten bei den Sonnenbrillen", beginnt der Künstler seine kurze Einführung, „die Gläser und das Gestell. Beiden Einheiten gab ich Formen und Farben gegen die Gewalt und für den Frieden. Auf einigen Sonnenbrillen findet sich daher auch das Friedenszeichen. Bewegt euch frei durch die Ausstellung! Alle Brillen sind für den Gebrauch bestimmt. Ihr dürft sie aufsetzen und ausprobieren." Die Gäste kommen der Aufforderung sofort und voller Unternehmungslust nach, suchen sich Brillen aus, setzen sie auf, betrachten sich in den Spiegeln. Golo sieht sich die bunten Brillen mit den teilweise bizarren Formen an. Am Boden liegt ein

Tennisball. Als er ihn aufheben will, tritt ein Mann zufällig mit dem Fuß dagegen. Der Ball kommt ins Rollen. Golo folgt ihm. Er rollt aus der Galerie die Gasse abwärts, in ein großes Einkaufsgeschäft, das kurz vor dem Ladenschluss steht. Die Frau an der Kasse wartet auf den letzten Kunden, fragt: „Hast du alles gefunden?"

Rasch geht er seine Liste durch, schiebt den Wagen zur Kasse. Die Frau scannt den Einkauf ein, nennt den Betrag. Der Kunde schiebt sein Bankkärtchen ein. Sie dankt, verabschiedet ihn und wendet sich Golo zu: „Möchtest du auch noch etwas kaufen? Wir schließen gleich."

Er sagt: „Ein Tennisball ist in den Laden gerollt. Den würde ich gern holen."

Die Frau blickt sich um, sieht den Ball ganz hinten bei den Warengestellen. Eilends kommt sie hinter der Kasse hervor, läuft hin, bückt sich, ergreift ihn und bringt ihn lachend Golo. Er bedankt sich, verlässt den Laden. In der Gasse trifft er einen Mann, der mit Blick auf den Ball fragt: „Möchtest du Tennis spielen?"

Golo sagt: „Ich habe keine Übung."

Der Mann lädt ihn mit den Worten ein: „Die Übung kommt mit dem Spiel."

Sie gehen den Stadtrand entlang, kommen zu einem Park mit mehreren Tennisplätzen. Der Mann holt aus einem Vereinshaus 2 Schläger, reicht einen Golo und stellt sich auf. Golo schlägt den Ball. Er fliegt hoch übers Netz. Der Mann spielt ihn so hoch zurück, dass er durchs offene Fenster eines Hauses fliegt. „Ich gehe ihn holen", sagt der Mann. Er geht zum Haus, klingelt. Eine Frau öffnet. „Wir sind gerade am Beraten von Sparmaßnahmen und wünschen keinen Besuch."

- „Ich will nicht stören", versichert er, „ich möchte nur kurz fragen, ob ihr mir den Ball geben könnt, der durchs Fenster geflogen ist." Sie scherzt: „Dann wissen wir, was wir einsparen können: Deinen Ball."

Sie geht ihn holen und gibt ihn dem Mann zurück. Er dankt überschwänglich, kehrt auf den Platz zurück. Nachdem er eine Weile mit Golo gespielt hat, lobt er ihn: „Du spielst sehr ruhig und überlegt." Er versorgt die Schläger und den Ball im Vereinshaus, verabschiedet sich. „Schau baldmöglichst vorbei. Dann spielen wir wieder eine Runde."

Golo findet hinter dem Park einen steilen Bergweg. Zuerst steigt er munter hinauf. Der Weg wird immer steiler. Golo verkürzt seine Schritte, atmet heftig. Als er oben auf dem Aussichtspunkt anlangt, setzt er sich auf eine Bank und gönnt sich eine Verschnaufpause. Eine Frau nimmt neben ihm Platz. „Ich bin in einer Gruppe, die Texte schreibt. Immer, bevor ich selber anfange, ziehe ich mich zurück. Ich brauche diesen Rückzug, um die Gedanken zu sammeln."

- „Ich habe mich schon vom Aufstieg erholt", sagt Golo, „und kann dir gern die Bank überlassen."

- „Das wäre schade", findet sie, „ich habe mich gefreut, dass jemand da ist, dem ich meine Gedanken mitteilen kann. Der Text, den ich schreiben möchte, handelt von mir. Zuerst verwandle ich mich in eine Bärin."

In diesem Moment wächst sie, bekommt ein dunkelbraunes, zottiges Fell und brummt: „Hab keine Angst, ich bin eine gutmütige Bärin."

Golo rückt ein bisschen zur Seite. Das große Tier kommt

ihm zu nahe. Sie richtet sich auf. „Und nachher verwandle ich mich in ein Huhn." Die Bärin schrumpft. Für einen kurzen Augenblick sitzt wieder die Frau neben Golo auf der Bank. Doch schon im nächsten Moment gackert sie als goldbraunes Huhn: „Ich möchte wissen, wie es ist, ein Ei zu legen. Kannst du mir aus Moos ein Nest bauen, damit es nicht zerbricht?"

Golo sammelt Moos von den mächtigen Wurzeln einer Eiche, bildet ein kleines Nest. Das Huhn gackert zufrieden, legt ein Ei hinein, bevor es sich wieder in die Frau zurückverwandelt. Sie begutachtet das Ei. „Es ist ein großartiges Erlebnis, ein Ei zu legen." Sie schiebt es in ihre Tragtasche. „In welches Tier könnte ich mich noch verwandeln? Hast du eine Idee?"

Golo rät: „Verwandle dich in einen Schmetterling, in ein Tagpfauenauge." Ihr wachsen Flügel und Fühler. Sie flattert um Golo und die Bank, gaukelt in einem weiten Bogen um den Aussichtspunkt. Dann nimmt sie wieder ihre ursprüngliche Gestalt an, tanzt um die Bank: „Diese Verwandlung hat mir am besten gefallen. Ich bewegte mich schnell und sicher."

Lochsteine

Im Herz der Altstadt trifft Golo eine Frau. Auf alten Fotos, die sie zeigt, sind die Häuser im früheren Zustand abgebildet. „Gehen wir zur Stadtmauer", schlägt sie vor, „die Veränderungen lassen sich dort besonders gut erkennen."

Durch eine Gasse gelangen sie zur Mauer. Die Frau legt die Fotos auf einer Steinbank aus, und Golo kann die Reihe der Häuser mit den Bildern vergleichen. Er stellt fest: „Eigentlich haben sich nur die Fenster verändert."

Bei einem Parkplatz steht ein alter VW-Bus. Er ist mit Herzen und Friedenszeichen bemalt. Die Frau meint: „Das ist auch ein Fahrzeug wie aus früheren Zeiten." Sie zeigt dem Fahrer ein paar Fotos. Er streicht über die Windschutzscheibe. „Bei meinem Bus ist alles unverändert." Vorn aus dem Handschuhfach klaubt er das Bild einer Frau mit einem bemalten Gesicht. „Ich suche sie überall. Deshalb fahre ich immer wieder an die Orte, wo ich zur Zeit der großen Friedensdemonstrationen gewesen bin."

Golo betrachtet das Bild. „Weil sie ihr Gesicht bemalt hat, ist sie kaum erkennbar."

Er wandert durch die Innenstadt, schaut die Menschen und Häuser an. Ein Mann schraubt das Deckglas über einem Klingelschild ab, fügt ein neues Schild ein. Dann klingelt er und läuft schnell weg. Eine Frau beugt sich aus dem Fenster. „Hast du geläutet?"

Golo blickt hinauf. „Das war der Mann, der das Klingel-schild ersetzt hat."

Sie kommt nachsehen, lacht. „Er möchte wohl mit mir zu-sammenwohnen. Aber das möchte ich gar nicht." Sie holt einen Schraubenzieher, entfernt das Deckglas. Hierauf setzt sie sich auf den Fenstersims, schreibt groß ihren Na-men aufs Schild und setzt es ein. „Hier wohne ich allein. Das ist nun wieder klar ersichtlich."

Auf dem Rathausplatz sind viele Leute zusammengekom-men. Es findet ein Trachtenfest statt. Die Menschen tragen verschiedene traditionelle Trachten. Eine Frau geht nackt. Sie sagt: „Ich trage die älteste Tracht der Menschheit."

Ein Junge macht den Eltern Sorge. Ohne anzuhalten und sich umzusehen, rennt er über die Straße. Die Eltern rufen. An der Straße, weiter unten, wartet der Junge auf sie. Der Vater zeigt ihm, wie er über die Straße geht. Erst wartet er, schaut dann nach links und rechts, hält die Hand ans Ohr, schreitet mit gemessenem Schritt hinüber. Auch die Mutter führt ihm vor, wie sie die Straße überquert. Der Junge nimmt sich vor: „Das mache ich von jetzt an ge-nauso."

Golo überquert die Straße mit der gleichen Vorsicht, begegnet einer Frau. Sie stellt das Rad ab, guckt auf den Gepäckträger. „Ich habe meine Tasche verloren."

Golo erkundigt sich: „Bist du weit gefahren? Vielleicht liegt sie ganz in der Nähe auf der Straße."

- „Ich habe gar nichts gehört", wundert sie sich, „es hätte doch einen Aufprall geben müssen."

Er ermuntert sie, den gleichen Weg zurückzugehen. Sie schiebt das Rad. „Das ist freundlich von dir, dass du dich auch um die Tasche kümmerst."

Ruhig gehen sie nebeneinander her. Plötzlich sieht Golo die Tasche am Straßenrand liegen. „Da ist sie."

Die Frau stellt das Rad ab, hebt die Tasche auf, späht kurz hinein.

„Ist alles vorhanden?" erkundigt sich Golo.

Sie lächelt, streckt und räkelt sich voller Behagen. „Es ging nichts verloren. Bei dem Wetter hätte ich allerdings auch die Badesachen einpacken müssen."

Die Straße führt zu einem Schwimmbad am See. Wellen laufen im feinen Sand aus. Im Seespiegel glänzen Wolken. Der Bademeister steht vor einem kioskartigen Stand. „Bei mir könnt ihr Badetücher, Badekleider und Badehosen mieten. Ich habe alles."

Die Frau lehnt das Rad gegen einen Baum, deckt sich mit Badesachen ein. Auch Golo nimmt ein Tuch und Badehosen. Dann schwimmen sie hinaus. Das Licht glitzert auf dem Wasser. In einem weiten Bogen kehren sie ans Ufer zurück, trocknen sich ab. Die Frau bleibt am See, während Golo die gemieteten Sachen zurückbringt und das Ufer entlanggeht. Türkisblau strahlt der See. Ein feiner Sandstrand ist sichelförmig geschwungen.

Golo trifft eine Familie beim Wandern. Der Sohn will auch einen Rucksack tragen. Der Vater und die Mutter nehmen ihre Rucksäcke ab, laden sie um, dass ein Rucksack leichter ist. Den darf sich der Junge an den Rücken schnallen. Stolz schreitet er voran. Der Vater bemerkt zu Golo: „Wir müssen ihn ziehen lassen."

Über die Gräser am Ufer tanzt ein Schmetterling. Golo lauscht dem Rauschen der Wellen. Menschen in grellfarbigen Jogginganzügen kommen ihm entgegen. Ein Mann fragt: „Sind Jogginganzüge für dich vollwertige Kleider? Würdest du darin überallhin gehen?"

Golo betrachtet sie. „Ich würde den Anzug immer tragen, wenn ich Gefallen daran fände."

- „Und was sagst du zu unseren Anzügen?" möchte die Frau wissen.

Er richtet den Blick auf sie. „Die Farben leuchten intensiv. Das wirkt sehr fröhlich." Vergnügt plaudernd geht die Gruppe weiter. Golo folgt dem Uferweg. Ein Baum spiegelt sich im Wasser. An seinem Stamm hängt ein königsblaues Festnetztelefon mit Wählscheibe. Es klingelt. Golo nimmt den Hörer von der Gabel. Eine Stimme erkundigt sich: „Hast du einen Wunsch?"

- „Wie meinst du das?" fragt Golo zurück.

„Ganz einfach", meldet sich die Stimme wieder, „fehlt dir etwas? Brauchst du etwas? Ein Wort von dir genügt." Er denkt nach. „Eigentlich habe ich alles."

- „Wird sein!" protestiert die Stimme, „irgendetwas wirst du doch wohl vermissen. Denk scharf darüber nach! Du wünschst dir insgeheim etwas, gibst es dir vielleicht nur nicht zu. Wir alle wünschen uns gelegentlich irgendetwas." Golo sagt: „Ich kann ja die Verbindung jederzeit wieder suchen, wenn mir ein Wunsch einfällt. Einstweilen danke ich für das Angebot." Er legt den Hörer auf die Gabel.

Hinter dem Baum kommt ein Mann hervor. „Meine Partnerin und ich haben ein Zentrum für Medizin. Es ist gut besucht." Er geht mit Golo zu einem kleinen Haus. Am Wegrand ist eine lange Reihe Stühle für die Warteschlange bis auf den letzten Platz besetzt. „Der Andrang ist enorm."

Seine Partnerin kommt aus dem Haus. „Machst du eine kurze Pause?"

Der Mann erklärt: „Ich ging nur Luft schnappen und bin gleich zurück."

Sie guckt Golo an: „Dürfen wir dir unser Zentrum zeigen?"

Mit Blick auf die Warteschlange meint Golo: „Ich möchte euch nicht versäumen. Sicher müsst ihr eine Behandlung nach der anderen durchführen."

Ein Mann trifft ein. „Ich bin Arzt. Darf ich bei euch arbeiten?"

Die Partnerin sagt: „Gerne. Ich führe dich ein." Sie geht mit dem Arzt ins Haus.

Gleich darauf meldet sich eine Frau: „Suchst du eine Ärztin?"

- „Schon lange", antwortet der Mann.

„Wann kann ich bei euch beginnen?" erkundigt sie sich.

- „Sofort", sagt er und eilt mit ihr ins Haus. Auf der Schwelle dreht er sich kurz nach Golo um. „Könntest du für uns ein größeres Haus suchen?"

Golo ruft ihm nach: „Versprechen kann ich nichts. Aber ich könnte mich umsehen."

Er folgt einem Weg, der vom See weg zum westlichen Stadtrand führt. Eine große, flamingofarbene Villa ragt aus den Hecken eines parkähnlichen Gartens. Die Besitzerin ist gerade daran, ein Schild mit der Aufschrift „Zu verkaufen" ins breite Fenster neben der Eingangstür zu hängen.

Golo erkundigt sich: „Könnte in deinem Haus auch ein Zentrum für Medizin eingerichtet werden?"

Sie wendet sich ihm zu. „Es ist wie dafür geschaffen."

Er dankt für die Auskunft, geht ins kleine Haus melden, dass ganz in der Nähe ein größeres Haus frei sei. Der Mann dankt ihm für die Auskunft.

Golo geht in die Stadt. Eine Frau installiert beim Stadttor eine Kamera. „Ich möchte die Gesichter aller Menschen aufnehmen, die in die Altstadt kommen. Die Kamera sucht Gesichter und nimmt sie automatisch auf."

- „Das werden sehr viele Bilder sein", vermutet Golo, „was machst du damit?"

- „Ich plane eine Ausstellung", sagt die Frau.

Ein Mann posiert vor der Kamera, schneidet Gesichter. Die Frau erklärt: „Auch das ist möglich, dass die Menschen die Kamera besonders beachten und sich in Szene setzen."

Am Ende einer Seitengasse steht eine Baracke. Ein Mann steigt aus dem Kellerraum. „Da unten fand ich ganz viele Briefe. Ich werde sie heraufholen und lesen."

- „Von wem sind die Briefe?" erkundigt sich Golo.

Der Mann verschwindet kurz im Keller, bringt einen Brief, zeigt Golo die schwungvolle Handschrift. „Sie sind von meiner Großmutter."

Von der Baracke führt ein Kiesweg zum Stadtpark. An einem Steintisch unter einem weitkronigen Baum sitzt ein Mädchen, ruft Golo zu. „Ich schreibe einen Brief." Er bleibt kurz stehen. Rasch ist es schon wieder ins Schreiben vertieft. Er geht still weiter, um nicht zu stören. Auf dem Weg durch den Park begegnen ihm 2 Brüder. „Wir sind in ein neues Haus eingezogen", berichtet der jüngere.

„Innen eingerichtet haben wir es wie in den 50er Jahren", fügt der ältere bei.

„Wir würden es dir gern zeigen", sagt der jüngere. Ein Weg führt vom Park zu einer Siedlung, wo das Haus der Brüder steht. Die Außenwände sind lila gestrichen. Der ältere öffnet die Tür, lässt Golo eintreten. Die Brüder zeigen ihm die Rundungen an einem Buffetschrank. „Er hat keine harten Kanten", sagt der jüngere, „das ist für uns der Inbegriff der 50er Jahre."

Der ältere weist mit dem Arm in die Küche. „Jedes Gerät steht einzeln. Wir wollten keine Kombination."

- „Wäre sie nicht praktischer gewesen?" fragt Golo.

„Praktischer vielleicht schon", räumt der jüngere ein, „aber weniger stilecht."

Staunend verlässt Golo das Haus. Er findet einen Weg, der ihn aus der Stadt hinausführt. Ein leichter Wind streicht durch die Wiese. Hinter ihm am Waldrand fächeln die Blätter. Eine Frau kommt ihm entgegen. Sie hat einen Faden in der rechten, eine Nadel in der linken Hand. „Wenn es in der Stadt ein Kostümfest gibt, werde ich als Schneiderin gehen, die gerade daran ist, ihr Kostüm zu nähen. Nun übe ich das Einfädeln im Gehen."

Golo steigt durch den Wald auf den Berg. Dort oben spielen Kindergartenkinder mit Stecken und Föhrenzapfen, die sie gefunden haben. Die Lehrerin sagt zu ihm: „Das ist eine Abwechslung zu den Spielsachen, die sie zu Hause und im Kindergarten haben. Sie streifen durch den Wald und die Wiese, tragen Fundstücke zusammen und spielen damit."

Eine Gruppe spielt Fangen. Das Kind, das an der Reihe ist, schlägt Golo an. „Du bist."

Die Lehrerin lacht. „Die Kinder möchten, dass du auch

mitspielst. Tu ihnen doch den Gefallen!"

Golo rennt den Kindern nach. Es gelingt ihm, eines zu fangen, das nun selbst zum Fänger wird. Nach einer Weile ruft die Lehrerin die Kinder zusammen. Sie setzen sich in einen Kreis und singen ein Lied. Anschließend packen sie ihre Pausenverpflegung aus und essen mit gesundem Appetit.

Unterdessen sieht sich Golo auf dem Berg um. Er findet einen Stein mit einem Loch. Nachdem die Kinder ihre Verpflegung gegessen haben, betrachten sie den Stein mit großen Augen und fangen an, selber nach Lochsteinen zu suchen. Sie tragen sie zusammen. Die Lehrerin verteilt Schnüre. „Nun könnt ihr die Steine einfädeln und Halsketten machen."

Ein Kind guckt sehr achtsam und aufmerksam, aber es hat noch keinen Stein gefunden. Golo geht mit ihm durch den Hang, wo der Wegrand aufgeworfen liegt. Hier findet das Kind eine Handvoll Lochsteine.

Die Wölfe

Über den Bergrücken führt ein kurvenreicher Weg. Golo sieht sich um, entdeckt einen kleinen Pfad, der durch den Wald zu einer felsigen Lichtung ansteigt. Oben angekommen, trifft er eine Frau. Sie zeigt ihm eine Zündholzschachtel. „Ich kann aus dieser Schachtel in Sekundenschnelle eine Hüpfburg entstehen lassen."

- „Das würde ich gerne sehen", sagt Golo, „ich kann es mir kaum vorstellen."

Sie schiebt die Schachtel auf. Zuerst kommt ein saturngelber Ballon zum Vorschein, der sich sofort riesengroß aufbläht. An den Seiten des Luftkissens ragen hohe, durchsichtige Wände auf. Die Frau lädt Golo ein: „Steig ein und hüpfe. Das wird dir sicher gefallen."

Golo schiebt sich barfuß durch den Einstieg, beginnt zu hüpfen. In diesem Moment kommt eine Familie auf den Berg. Das Kind macht einen Luftsprung. „Du hast mir gar nicht gesagt, dass uns oben eine Hüpfburg erwartet."

- „Ich bin selber überrascht", erwidert der Vater.

Das Kind zieht den Rucksack und die Schuhe ab, geht zu Golo hüpfen. „Ist es erlaubt?" fragt die Mutter.

Die Frau hebt den Kopf: „Mehr als erlaubt: Erwünscht. Es freut mich, wenn möglichst viele die Hüpfburg benützen."

Die Mutter und der Vater steigen zu. Das Kind jauchzt vor Vergnügen. Es überschlägt sich in der Luft und lässt sich auf den Rücken fallen. Nachdem Golo ausgiebig gehüpft ist und verschiedene Sprünge ausprobiert hat, steigt er aus, schaut der Familie zu. Vergnügt wendet er sich der Frau zu. „Wir haben Spaß an deiner Hüpfburg. Ich danke dir." Er schlüpft in die Sandalen.

Die Frau schlägt die Lider nieder. „Ich sehe es gern, wenn sie gut ankommt."

Beschwingt geht Golo weiter. Das Hüpfen ist ihm in die Beine gefahren. Auf dem Weg durch den Wald sieht er das hellgrüne Licht im Laub eines jungen Nussbaums schimmern. Ein Mann begegnet ihm. „Unten am Waldrand liegen viele Kissen. Es findet eine Kissenschlacht statt. Möchtest du dich beteiligen?"

Golo wundert sich. „Wer macht denn eine Kissenschlacht?"

Der Mann empfiehlt: „Das musst du dir selber anschauen."

Golo steigt zum Waldrand hinunter, wo sich 2 Gruppen mit Kissen bewerfen. In jeder Gruppe sind Frauen und Männer, die Kissen aufnehmen und werfen. Federn fliegen. Der Mann stellt sich neben Golo. „Eine Gruppe ist kleiner und wird zurückgedrängt. Du solltest sie unterstützen."

Als Golo den Wald verlässt, wird er von der größeren Gruppe mit Kissen beworfen. Er hebt die Arme und ruft: „Halt! Wollt ihr die Gruppen neu einteilen?"

- „Deinetwegen?" fragt eine Frau.

„Du darfst dich irgendeiner Gruppe anschließen", erklärt ein Mann.

Golo weist auf die kleinere Gruppe. „Die Gruppen sind ungleich groß. Das ist unfair."

- „Aber es macht mehr Spaß", sagt eine Frau aus der kleineren Gruppe, „wir wehren uns mit allen Kräften."

Ein Mann aus der größeren Gruppe stemmt die Arme in

die Hüfte. „Und wir dominieren."

Nach diesen Erklärungen geht die Schlacht weiter. Golo schaut zu. „Sie haben Freude an der Ungleichheit", stellt er fest. Mehrere Kissen fliegen in seine Richtung. Er schlägt einen großen Bogen um die Schlacht, nähert sich auf einem Wiesenweg der Stadt. Durch einen Park mit wuchernden Bäumen schlängelt sich der Weg. Fröhlich die Arme schwingend, erreicht Golo einen kleinen, achteckigen Musikpavillon. Darin hat eine Frau zwischen 2 Pfosten eine Hängematte aufgespannt und liest ein Buch. Sie dreht den Kopf. „Wenn ich hier lese, kann ich mir Zeile für Zeile die Geschichten vorstellen."

Golo hält inne. „Dann hast du dir den richtigen Ort zum Lesen ausgesucht."

Ein Springbrunnen plätschert leise. Golo zieht die Sandalen aus, watschelt durch das Becken. Er geht barfuß durchs Gras, bis die Füße trocken sind, legt die Sandalen wieder an.

Im Park ist ein Zelt aufgestellt. Ein Plakat weist auf eine Lesung hin. Beim Eingang winkt ein Mann, begleitet Golo zu einer kleinen Bühne, die ganz vorn im Zelt steht. Das Publikum sitzt auf Klappstühlen und klatscht. Der Mann stellt sich vors Mikrofon, gibt eine kurze Einführung: „Golo wird aus seinem neuesten Buch Gedichte lesen." Wiederum spendet das Publikum Beifall.

Golo tritt ans Mikrofon, nimmt ein schmales Buch aus der Tasche, schlägt es auf und trägt ein Gedicht vor. Bedächtig liest er Wort für Wort, Zeile für Zeile. Danach nimmt er am Lesetisch Platz, trinkt einen Schluck Wasser. Er rückt das zweite Mikrofon etwas näher zu sich, lässt weitere Gedichte verlauten. Die Leute hören aufmerksam zu. Wenn er eine etwas längere Pause zwischen 2 Gedichten einschiebt, geben sie ihm Zwischenapplaus. Zum Schluss trägt Golo ein kurzes Gedicht vor, das dem Wald gewidmet ist. Das Gedicht kommt gut an. Nach dem Beifall bittet eine Frau, die ganz vorn sitzt, dass er es noch einmal liest. Sorgfältig, Vers für Vers formend, gibt er dem Gedicht einen neuen Ausdruck.

Mit einem Apéro endet die Lesung. Golo trinkt ein Glas Mineralwasser und beantwortet Fragen zu den Gedichten. Eine Allee führt aus dem Park zu einer Wiese, die hohe Kirschbäume beschatten. Ein Mann steigt von der Leiter und ermuntert Golo, Kirschen zu pflücken. „Sie sind wunderbar reif."

Golo tritt unter den Baum, schiebt sich eine Kirsche in den Mund. Sie schmeckt fruchtig und sonnenwarm süß. Er pflückt weitere Kirschen, lobt sie: „Sie sind sehr fein."

Hinter dem Baumgarten sind eine Frau und ein Mann daran, Weidenruten zu schneiden. „Wir werden eine Wiege flechten", kündet die schwangere Frau an, „das Kind soll sich geborgen fühlen, wenn es darin schläft."

Die Weidenbäume wachsen an einem kleinen Flusslauf. Enten mit Küken schwimmen darauf, tauchen die Köpfe ins Wasser. Der Uferweg führt durch einen Spielplatz. Ein Kind kommt mit einem Stift und Block auf Golo zu. „Kannst du mir zeigen, wie ich die 1 und die 2 schreiben kann?" Er nimmt einen Stecken, zeichnet die Ziffern riesengroß in den Kies, durchschreitet sie mit dem Kind. Dann malt er sie spiegelverkehrt in die Luft. Das Kind ahmt seine Bewegungen nach. Schließlich schreibt er die Ziffern in den

Block und überlässt ihn dem Kind. Begeistert schreibt es, freut sich, dass ihm die Ziffern gelingen. Als Nächstes fragt es: „Wie geht der Klettergriff?"

Golo geht mit ihm zur Kletterstange, schiebt einen Fuß vor die Stange, einen Fuß dahinter, zieht sich mit beiden Händen hoch, klemmt die Stange mit den angewinkelten Beinen ein, streckt sich, zieht die Beine nach. Sofort geht das Kind an die benachbarte Stange, imitiert seine Bewegungen. So richtig hoch kommt es beim ersten Mal noch nicht, doch es versucht es mehrere Male hintereinander. „Nun hast du aber genug gefragt", meint seine Mutter.

Golo sagt: „Es hat mir gutgetan, mich ein bisschen zu bewegen." Das Kind setzt sich an einen der langen Holztische, zeichnet sich und Golo an der Kletterstange. Es trennt die Seite vom Block, schenkt sie ihm. Golo faltet das Blatt und steckt es ein. Vom Spielplatz führt ein Wiesenweg zu einem Bildungszentrum. Die Türen öffnen sich. Viele Menschen strömen heraus. Eine Frau spricht Golo an. „Ich besuche einen Fotokurs. Weißt du, wie man gute Kinderbilder gewinnt?"

Golo empfiehlt: „Versuche, möglichst nah am Kind sein."

Er geht um das Bildungszentrum herum zum Wald. Steil windet sich ein Serpentinenweg bergan. Auf einem Wegweiser steht „Zur Alphütte". Golo sagt sich: „Dann kann ich auf diesem Weg bis zur Alp hinaufgelangen."

Nach dem Aufstieg auf die erste Anhöhe hört er, wie der Wind die Äste bewegt. Die Sonne durchleuchtet die Blätter. Fortan wird der Weg etwas schmaler. Die Kehren folgen dichter aufeinander. Oben auf der Alp verlässt der Weg den Wald, zieht seine Zickzackkurven ins Weideland. Golo schaut sich nach der Alphütte um. Sie ist versteckt hinter mächtigen Föhren, mit Holzschindeln gedeckt. Neugierig blicken die weidenden Kühe auf. Der Hirt schreitet über die Wiese, lädt Golo zu einem Tee ein. Vor der Hütte stehen ein aus einem Baumstamm roh gezimmerter Holztisch und eine sonnenverbrannte Holzbank. Der Hirt holt einen Krug und 2 Tassen, schenkt ein. „Die Kräuter habe ich selber gesammelt."

Golo kostet den Tee. „Er duftet stark und schmeckt würzig." Er lässt den Blick über den gewellten Hang und die Kühe wandern.

„Wenn du etwas weiter hinaufgehst", eröffnet ihm der Hirt, „kannst du die umliegenden Berge sehen."

Den Anblick möchte sich Golo nicht entgehen lassen. Als er den Tee getrunken hat, steigt er hinter der Alphütte auf einen Felskopf und genießt die Aussicht. Steil ragen die Berggipfel in den azurblauen Himmel. Eine Grenzwächterin kommt mit einem Hund. „Wir sind hier nahe bei der Grenze." Auf ihre Anweisung setzt sich der Hund. Obwohl er sofort gehorcht, wirkt er sehr verspielt, steht gleich wieder auf und wedelt mit dem Schwanz. „Ich werde oft mit meiner Zwillingsschwester verwechselt", berichtet sie, „sie ist auch Grenzwächterin."

- „Wie kann man euch unterscheiden?" erkundigt sich Golo.

„Ich komme mit dem Hund. Sie führt keinen", antwortet sie.

Aufmerksam schaut er sich um. „Wie verläuft die Grenze?" Sie zieht mit dem Finger eine Linie in die Luft. „Entlang dem Bergkamm."

Golo sieht sich den Grenzstein an, entdeckt einen Weg, der zuerst dem Kamm folgt und dann in einer weiten Schleife in den Südhang abbiegt. In der Blumenwiese summen Bienen um Graslilien. Ein Mann kommt Golo entgegen. „Ich habe eine große Menge Sonnenbrillen. Darf ich sie dir zeigen?"

- „Hast du sie im Rucksack?" fragt Golo.

„Ich bewahre sie zu Hause in einer Schachtel auf", antwortet der Mann, wandert mit Golo durch den Wald hinunter zu seinem Haus, das über dem Dorf steht. Er lädt Golo ein, am Gartentisch Platz zu nehmen, bringt die Schachtel voll Sonnenbrillen und ein weißes Buch. „Möchtest du sie beschreiben?"

Golo greift eine Sonnenbrille um die andere heraus, schreibt zu jeder einen kurzen Text ins weiße Buch. Dabei fallen ihm stets neue Wendungen ein. Bald legt er das Augenmerk aufs Gestell, bald auf die Farbe der Gläser. Der Mann schaut ihm aufmerksam zu, lässt sich ab und zu eine Passage vorlesen. Nachdem Golo die Sonnenbrillen beschrieben hat, steht er auf, streckt und reckt sich. „In der Stadt gibt es eine kleine Ausstellung von Cartoons, die ich gezeichnet habe. Die würde ich mir gern ansehen." Er schlägt den Wanderweg ein, der durch eine Lindenallee zum Stadttor führt.

Die Galerie liegt an einer Straße, die beidseits von bunten Giebelhäusern gesäumt ist. Golo tritt ein. Die Galeristin begrüßt ihn: „Die Cartoons, die wir einrahmten, sind alle verkauft." Sie deutet auf die roten Punkte neben den Bildern. „Deine Cartoons gefallen den Leuten." Golo geht durch die Ausstellung, lobt: „Du hast sie sehr ansprechend ausgestellt." Er verlässt die Galerie, trifft in einer Seitengasse 3 Wölfe. Einer ruht auf der Schwelle eines Hauses, der zweite sitzt davor und der dritte kommt auf Golo zu. Golo bleibt ruhig, reckt das Rückgrat gerade, sagt zu den Wölfen: „Bleibt, wo ihr seid. Ich gehe hier nur vorbei."

Doch die Wölfe folgen ihm mit etwas Abstand. Golo geht weiter, dreht sich nicht nach ihnen um. Ein Passant kommt ihm entgegen, fragt: „Was hast denn du für schöne Hunde? Sie sehen wie Wölfe aus."

- „Das sind Wölfe", erwidert Golo, „gehe ihnen lieber aus dem Weg."

Der Passant blickt ihn ungläubig an. „Wölfe in der Stadt? Du machst wohl einen Scherz."

Der Kräutertrank

Am Waldrand erhält Golo von einer Frau einen Liegestuhl angeboten. „Leg dich hin und genieße für einen Augenblick den Gesang der Vögel."

Er nimmt auf der Liege Platz, hört eine Amsel singen und den Wind leise in den Wipfeln rauschen. Nach einer Weile steht er auf, dankt er der Frau, tritt in den Wald ein, schreitet über den Bergrücken. Er gelangt zum Südhang, wo ihm ein Mann eine Wiese zeigt: „Kürzlich habe ich sie zusätzlich zu meinem Grundstück erworben. Hier blühen Orchideen." Vorsichtig schreitet Golo auf dem kleinen Wiesenpfad und betrachtet die Blüten. Beim langsamen Gehen durch den Hang entdeckt er ein Reh, das unter ihm weidet und sich nicht stören lässt. Er wandert behutsam weiter, um es nicht zu erschrecken. Über den Weg gaukelt ein Segelfalter. Plötzlich klappern Hufe hinter Golo. Er dreht sich um. Ein Pferd folgt ihm. Bei der Weide in der Nähe eines Bauernhofs wartet eine Frau am Gatter. „Danke, dass du es zurückgeführt hast."

Golo bleibt stehen. „Es ist mir einfach nachgelaufen. Ich wusste gar nicht, wo es hingehört."

Der Weg säumt die Weide, schlängelt sich dann durch eine Heckenlandschaft, in der ein riesiges Schneckenhaus liegt. Ein Mann fordert Golo auf: „Geh einmal hinein! Ich bin ganz gespannt, wie es auf dich wirkt."

Golo tappt durch die Windungen ins Innere, soweit er vordringen kann. Dann kehrt er um. „Es ist eigenartig", fasst er sein Erleben zusammen, „ich dachte für einen Moment, die Zeit würde langsamer ablaufen."

Der Mann lacht. „Du bist in die Schneckenzeit hineingeraten."

Hinter den Hecken trifft Golo eine Frau. Sie fragt: „Weißt du, wie ich mich verkleiden könnte?"

- „Wie möchtest du denn auftreten?" erkundigt er sich.

Sie fährt sich mit den Händen über die Hüften. „Ich habe an ein Einhorn gedacht."

Er folgert: „Dann benötigst du ein Kostüm und eine Maske."

- „Hilfst du mir beim Suchen?" bittet sie.

„Wir gehen in die Stadt und sehen uns um", schlägt er vor. Der Weg quert eine Wiese und mündet in eine kleine Straße, die in die Stadt führt. In der Altstadt, in der Nähe des Stadttors suchen sie einen Kleiderladen auf. Die Verkäuferin möchte wissen: „Was darf es denn sein?"

Die Frau sagt: „Wir hätten gern ein Einhornkostüm."

- „Kostüme führen wir keine", bedauert die Verkäuferin.

Ein paar Häuser weiter ragt ein Geschäft aus der Häuserzeile. Auf dem Gehsteig steht ein Kleiderständer auf Rollen. An der Stange hängen farbige Kostüme. Der Verkäufer steht unter der Tür. Die Frage nach dem Einhornkostüm vergnügt ihn. „Mit diesem Kostüm kann ich leider nicht dienen. Vielleicht darf es sonst etwas Weißes sein." Er fährt mit der Hand über die Kostüme, nimmt ein weißes von der Stange. „Wie wäre es, wenn du dich als Schneewittchen verkleiden würdest?"

Die Frau besteht darauf: „Es muss unbedingt ein Einhorn

sein."

Sie geht mit Golo durch die Altstadt, bis sie am anderen Ende beim Westtor ein Antiquitätengeschäft findet, vor dessen Schaufenster ein rollbarer Kleiderständer aufgestellt ist. Sofort durchsucht sie die Kleider und Kostüme, findet ein glanzweißes Pferdekostüm mit weißem Schweif und Schwanz. Sie nimmt es vom Gestell, tritt in den Laden. „Das würde ich gern anprobieren", teilt sie der Verkäuferin mit.

„Ist gut", sagt die Verkäuferin und schlägt den Vorhang der Umkleidekabine zurück.

Die Frau zieht sich um, schaut Golo fragend an. „Wie steht es mir?"

Golo teilt ihr mit, dass sie in dem Kostüm gut aussieht. „Es fehlt nur noch die Maske."

Die Verkäuferin tippt sich an die Schläfe, steigt ins Obergeschoß und bringt eine Einhornmaske. Die Frau legt sie an, stellt sich vor einen Standspiegel. „Nun kann ich mich als Einhorn zeigen." Zufrieden schreitet sie mit Golo durch die Stadt. Die Leute auf der Straße drehen sich nach ihr um, machen Komplimente, bewundern das Kostüm. Schließlich biegen sie in eine Straße ein, die zum Waldrand hinaufführt. Ein Weg geht unter den Bäumen durch. An Bügeln hängen Kleider an den Ästen. Der Wald gleicht einer riesigen Garderobenhalle. Die Frau legt die Maske auf eine moosüberwachsene Bank, bestaunt die Kleider. „Wenn man die alle anprobieren möchte, würde man kaum je fertig." Sie schlüpft aus dem Pferdekostüm, zieht ein eisvogelblaues Kleid an. „Wie sehe ich aus?"

- „Es steht dir gut", findet Golo.

Sie schaut sich um. „Vielleicht gibt es irgendwo einen Spiegel."

Golo entdeckt zwischen den Bäumen ein kleines Waldhaus. „Dort könnten wir nachfragen."

Nach kurzem Anklopfen meldet sich eine Männerstimme. „Wer ist da?"

Er öffnet die Tür. „Seid ihr am Anprobieren?"

Die Frau zupft am blauen Kleid. „Ich würde mich gern im Spiegel sehen."

Der Mann bittet sie einzutreten. „Im Gang hängt ein großer Wandspiegel."

Sie huscht an ihm vorbei ins Haus. Er wendet sich Golo zu. „Hast du auch neue Kleider gefunden?"

- „Ich habe mich noch gar nicht speziell geachtet", gesteht Golo, „ich war einfach überrascht von der Menge."

Der Mann schmunzelt. „Nicht alle finden sich zurecht im Kleiderwald. Du musst dir viel Zeit gönnen und einfach zugreifen, wenn dir etwas gefällt."

- „Mir gefallen eben meine Kleider", gibt Golo zu bedenken, „ich möchte sie nicht wechseln."

„Nun", brummt der Mann, „der Bäckerlehrling zieht sich auch schnell um, wenn es an die Arbeit geht."

- „Das stimmt", räumt Golo ein, „ich werde jetzt mit offenen Augen durch den Wald gehen und sehen, ob mich etwas anspricht."

Aus dem Waldhaus kommt die Frau gelaufen. „Das blaue Kleid freut mich riesig. Ich nehme es und noch einige Kleider vom selben Schnitt, aber in anderer Farbe, dazu."

Die Augen das Mannes strahlen. „Greif zu! Es hat alles."
Aufmerksam streift die Frau durch die behangenen Äste.

Golos Streifzug führt ihn tiefer ins Waldesinnere, wo zwischen Buchen Riesenfarn wächst. Eine Frau kommt ihm entgegen. „Ich suche einen Kellner. Kannst du mir helfen?" Golo verlässt mit ihr den Wald. Sie kehren in die Stadt zurück. Dort fragt Golo einen Mann: „Möchtest du Kellner werden?"

Der Mann antwortet. „Ich habe bereits einen Beruf. Ich bin Bäcker."

Die Frau und Golo gehen weiter, bis sie einen anderen Mann treffen. „Wäre Kellner ein Beruf für dich?" spricht ihn Golo an.

„Das könnte ich mir durchaus vorstellen", erwidert der Mann, „aber ich bin Elektriker und werde gleich den Anschluss für eine Waschmaschine einrichten."

- „Du siehst, es ist gar nicht so einfach, einen Kellner zu finden", bemerkt die Frau.

Golo blickt sich um. „Wir bleiben daran und fragen weiter."

Sie begegnen einem Mann, der durch die Altstadt geht. „Könntest du dir vorstellen, Kellner zu werden?" erkundigt sich die Frau.

Der Mann schaut sie mit großen Augen an. „Ich bin Maler, bin auf dem Weg zu einem eingerüsteten Haus. Dort werde ich die Leiter hochsteigen und die Fassade streichen."

Golo fragt einen Mann, der in einem Vorgarten steht. „Kellner ist ein Beruf, der dich mit vielen Menschen zusammenbringt. Wäre das etwas für dich?"

- „Mein Beruf ist Gärtner", sagt der Mann, „ich habe nicht nur mit Pflanzen, sondern immer auch mit Leuten zu tun, wenn ich die Arbeit bespreche und vorbereite. Das macht mir viel Freude."

Die Frau wendet sich an einen Mann, der aus einem Solar-mobil steigt. „Würdest du gern als Kellner tätig sein?"

Der Mann hebt die Brauen. „Ich bin Mechaniker und mache soeben eine kleine Testfahrt."

Die Frau dreht sich Golo zu. „Jetzt haben wir schon ein paar Männer gefragt und sind noch immer nicht fündig geworden."

Er empfiehlt: „Wir bleiben daran. Schon der nächste Mann, den wir fragen, könnte vielleicht schon lange davon geträumt haben, Kellner zu werden. Er nur noch nicht die geeignete Stelle gefunden."

Die Frau tritt zu einem Mann, der die Straße überquert. „Hast du schon einmal daran gedacht, Kellner zu werden?" - „Das wäre ein ansprechender Beruf", entgegnet er, „aber ich bin bereits schon im Gastgewerbe als Hotelier tätig und suche selber einen Kellner."

- „Wie gehst du bei der Suche vor?" möchte Golo wissen.

„Nun", erklärt der Mann, „ich gebe Inserate auf und hoffe, dass sich jemand meldet."

- „Ist das ein erfolgsversprechender Weg?" fragt die Frau.

Der Hotelier lächelt. „Das hoffe ich doch schon. Viele möchten Kellner werden. Sie wissen nur nicht, wo. Dann lesen sie mein Inserat und bewerben sich. So einfach geht das."

Die Frau tippt mit dem Finger an Golos Schulter. „Das könnten wir auch versuchen."

Sie setzt sich im Park an einen Steintisch und schreibt ein Inserat mit dem Titel „Kellner gesucht". Dann trennt sie die oberste Seite des Schreibblocks ab, gibt sie Golo mit der

Bitte: „Sag mir, ob ich etwas daran ändern soll."

Er liest den Text aufmerksam durch. „Das Inserat kannst du so aufgeben."

Sie besuchen die Zeitungsredaktion in einem mintgrün bemalten Gebäude an der Ecke zur Hauptstraße. Der Redaktor sagt: „Wir werden das Inserat einrücken."

Beim Verlassen der Redaktion verabschiedet sich die Frau von Golo. „Danke, dass du mir bei der Suche geholfen hast."

Golo sagt: „Das machte ich gerne. Ich wünsche dir viel Glück mit dem Inserat."

Er geht die Hauptstraße hinunter. Ein Mann spricht ihn an: „Möchtest du meinen kleinen weißen Hund kennenlernen?"

Golo erwidert: „Wo ist er?"

Der Mann schiebt 2 Finger in den Mund, pfeift. Der Hund kommt angerannt, tänzelt um Golos Beine. Der Mann erklärt: „Er ist sehr zutraulich. Das ist sein Begrüßungsritual." Er bückt sich, streichelt den Hund. „Nun ist es genug."

Der Hund setzt sich neben die Füße des Manns. „Er kann sehr gut gehorchen", fügt er bei. Stolz geht er mit seinem Hund weiter.

Golo schaut ihnen nach.

Eine Frau in einem Tretauto fährt vor. „Hast du dich heute schon genug bewegt? Oder möchtest du dich ein bisschen abstrampeln? Dann wäre mein Tretauto genau das richtige für dich. Du pedalst kräftig mit mir. Und wir drehen in der Stadt eine kleine Runde."

- „Ich bin immer in Bewegung", versichert Golo und führt ihr seinen Wanderschritt vor.

„Das ist auch gut", räumt sie ein, fährt davon.

Beim Laden mit einem Garderobenständer auf dem Gehsteig steht ein Mann. Er fordert Golo auf: „Schau dir meine Uniformen an! Welche gefällt dir?"

Erst jetzt fällt Golo auf, dass lauter Uniformen an den Kleiderbügeln hängen. Gewöhnliche Kleider sind gar nicht dabei. „Da müsste ich erst einer Organisation beitreten, deren Mitglieder Uniformen tragen", meint er.

„Das ist nicht nötig", entgegnet der Mann, „du kannst dich jederzeit in einer Uniform zeigen, ohne Mitglied zu sein."

Golo betrachtet alle Uniformen an der Stange. „Im Moment spüre ich mich von keiner besonders angezogen. Sobald sich etwas ändert, komme ich gern wieder vorbei."

Aus einer Seitengasse dringt ein wunderbarer Geruch. Golo hebt die Nase, schnuppert, geht dem Geruch nach. Eine Frau kocht in einem offenen Innenhof Kräuter ein. „Ich gewinne nach einem alten Rezept einen Kräutertrank. Wenn du davon trinkst, wachsen dir Kräfte. Du magst kaum mehr aufhören zu laufen."

Golo trinkt ein halbes Glas, rennt aus der Seitengasse heraus, läuft die Straße hinunter, aus der Stadt heraus, wählt eine kleine Landstraße, die bald den Wald erreicht. Erst unter den ersten Bäumen gönnt er sich eine kurze Pause.

Die Kartoffel

Über seinem Kopf ziehen die Wipfel vorbei. Golo spaziert durch eine Allee. Eine Frau fragt ihn: „Willst du dabei sein? Ich gehe an eine Ausstellung."

- „Was wird denn ausgestellt?" erkundigt er sich.

„Es sind Bilder von Menschen, die seit ihrer Kindheit zum ersten Mal wieder gemalt haben", erklärt sie.

Die Galerie befindet sich im Kern der Altstadt. Die Frau und Golo treten ein. Ein Mann ist gerade daran, sein Bild umzudrehen. Die bemalte Seite schaut nun gegen die Wand. „Wir haben beschlossen, die Bilder umzukehren", teilt er mit.

Nach und nach treffen die anderen Künstler ein und machen sich ebenfalls an ihren Bildern zu schaffen. Die Frau und Golo schauen zu. „Ich finde es schade", bedauert sie, „was ich auf den ersten Blick erhaschen konnte, waren sehr farbenfrohe und lebendige Bilder."

Ein Mann, der soeben sein Bild umgedreht hat, bemerkt: „Wir haben es uns plötzlich anders überlegt."

Die Galeristin kommt die Treppe hinunter, geht durch die veränderte Ausstellung. Dann wendet sie sich der Frau und Golo zu. „Damit habe ich nicht gerechnet. Ich werde mit den Künstlern verhandeln." Ein Mann schafft Stühle herbei, stellt sie im großen Raum in einem Kreis auf. Alle nehmen Platz. Als Golo sich anschickt hinauszugehen, bittet ihn die Galeristin: „Bleib doch! Auch deine Stimme ist wichtig."

Eine Künstlerin eröffnet die Gesprächsrunde: „Zuerst habe ich mich riesig gefreut, dass mein Bild ausgestellt wird. Dann sind mir Bedenken gekommen."

Ein Künstler schließt sich an: „Mir ging es genauso. Die Lösung mit den umgedrehten Bildern erleichtert mich sehr."

Die Galeristin möchte wissen: „Dann wollt ihr für die ganze Dauer der Ausstellung die Bilder umgedreht lassen?"

- „Das haben wir vor", bekräftigt eine junge Künstlerin, „während sie dauert, können wir unbekümmert weiter malen."

Ein älterer Künstler meldet sich zu Wort: „Mir ist erst so richtig wieder wohl, seit mein Bild umgekehrt ist."

Die Galeristin fragt: „Wie ist es für die Gäste?"

Die Frau gibt zu bedenken: „Wenn ich eine Ausstellung besuche, möchte ich gern die Bilder sehen. Umgekehrte Bilder finde ich enttäuschend."

Die Galeristin richtet den Blick auf Golo. „Wie erlebst du es?"

Er steht auf. „Ich hätte die Bilder gern angeschaut, aber nur, wenn alle ein gutes Gefühl haben." Er verlässt die Galerie, gerät in der Vorstadt vor ein Haus, dessen Fenster mit Blumen und Fahnen geschmückt sind. Eine Frau ist daran, den Blumen Wasser zu geben. „Gefallen dir die Blumen und Fahnen?"

Golo tritt näher. „Sie ziehen den Blick auf sich und machen die Fassade lebendig."

- „Könntest du dir vorstellen, dass jemand achtlos vorübergeht?" vergewissert sie sich.

„Selbst wenn ich arg in Gedanken versunken wäre, würde

etwas von der Strahlkraft der Farben auf mich einwirken", vermutet er.

Sie fährt fort mit Gießen. Ihre Augen leuchten. „So macht das Schmücken Freude."

In der Nachbarschaft hat ein Mann ein Boot vor der Haustür stehen. „Ich habe es soeben vom Anhänger geladen und weiß gar nicht, ob es unter dem Vordach gut genug geschützt ist."

Golo stellt sich neben das Boot. „Da wird es vom Regen kaum getroffen."

Der Mann atmet erleichtert auf.

Golo setzt seinen Weg fort. Er kommt am Ausgang der Vorstadt vor ein Haus, wo eine Frau mit einem Mädchen spielerisch Bewegungsimpulse einübt. Sie singt dem Mädchen vor: „Wir überqueren die Straße." Es geht mit ihr über die Straße. Die Frau erklärt Golo: „Es hat keine eigenen Bewegungsimpulse. Wir sind daran, sie aufzubauen." Sie geht mit dem Mädchen zu seiner Sitzbank und singt: „Wir setzen uns." Es nimmt neben ihr Platz. „Vorsprechen allein genügt nicht, um den Impuls auszulösen", führt die Frau weiter aus, „aber das Singen macht ihm Freude und bringt es dazu, sich zu bewegen." Sie singt: „Wir stehen auf." Sogleich erhebt sich das Mädchen.

„Werden nach dem Training die Bewegungsimpulse von selber kommen?" fragt Golo.

„Wir sind zuversichtlich", sagt die Frau, „die Chancen stehen gut."

Hinter der Vorstadt beginnt eine Blumenwiese. Darin blühen Malven, weißer und roter Klee. Ein schmaler Weg führt den Hang hinauf, wo er einem Mann begegnet. „Ich schlage aus dem Felsen eine Pferdestatue heraus. Willst du sie dir ansehen?"

Golo geht mit ihm zu einem Felsblock, der eingerüstet ist. Das Pferd ist bereits im Halbrelief herausgearbeitet. Der Mann steigt aufs Gerüst und meißelt weiter am Pferderücken. „Mir schwebt ein riesiges Pferd vor."

Golo verfolgt aufmerksam seine Bewegungen. „Was machst du, wenn ein Stück vom Felsen ausbricht?"

- „Das wird schon nicht geschehen", hofft der Mann und vertieft sich in sein Werk.

Golo steigt auf die Anhöhe, kommt vor ein Bauernhaus. Eine Frau richtet einen Hühnerhof ein. Holz und Zaungitterrollen liegen bereit. „Wichtig ist der Zaun", betont sie, „er wird 2 Meter hoch sein."

Beim Betreten des Waldes bietet ein Mann Golo Kopfhörer an. „Damit wirst du die Sprache der Vögel verstehen."

- „Komm zu mir auf meinen Zweig", pfeift eine Meise.

„Ich bin gleich bei dir", ruft die andere.

„Das ist ein wunderbarer Kopfhörer", sagt Golo, „wie funktioniert er?"

Der Mann erklärt: „Ein Mikrofon nimmt den Gesang auf, leitet ihn zur Spracherkennung. Dort wird die Vogelstimme erkannt und übersetzt. Diese Übersetzung wird dann in den Lautsprecher des Kopfhörers gesandt."

Golo gibt ihm den Kopfhörer zurück. „Danke, dass du ihn mir gezeigt hast."

Im Wald trifft er die Kinder und die Lehrerin eines Kindergartens. Sie sagt: „Wir haben 4 neue Kinder aufgenommen."

Golo betrachtet die Gruppe. „Auf den ersten Blick kann

ich nicht erkennen, welche Kinder neu dazugekommen sind."

- „Das ist das Wunderbare im Wald, dass alle Kinder miteinander spontan Spiele erfinden. Dabei sind sie immer gruppenweise unterwegs", erzählt die Lehrerin.

Bevor er seinen Weg durch den Wald fortsetzt, schaut Golo den Kindern zu, die Verstecken spielen. Ihre Stimmen klingen lange nach. Tiefer im Wald überwiegen die Vogelstimmen und das leise Wispern der Blätter. Lichter und Schatten tanzen. Ein Pfad schlängelt sich über den Bergkamm, wo sich die Wurzeln zwischen den Felsen in die Erde klammern.

Als Golo die Stadt am südlichen Ausläufer des Bergs erreicht, ist eine Demonstration im Gang. Die Menschen sind auf den Straßen. Die ganze Innenstadt ist besetzt. Ein Mann erklärt Golo: „Wir demonstrieren für den Frieden."

Golo betrachtet die Menschen, die sich langsam durch die Straßen bewegen, Transparente tragen und „Wir wollen Frieden" skandieren. Nur ganz nah an den Hausmauern ist für Golo ein Durchkommen. Er schiebt sich dem großen Umzug entlang, betrachtet die entschlossenen Gesichter der Menschen. Eine Frau spricht ihn an: „Zusammen haben wir wie eine große Stimme." Aus den Nebenstraßen und Seitengassen strömen Menschen in die voranschreitende Menge. Ein Mann tritt zu Golo. „Das ist nur ein Anfang. Wir alle müssen einen Beitrag leisten, dass wir uns zu einer friedliebenden Gesellschaft entwickeln. Wichtig ist, dass wir zusammenstehen und einander helfen."

Bevor Golo etwas erwidern kann, ist der Mann in der Menge verschwunden. Eine Frau zeigt Golo Plakate, die an einer Wand hängen. „Bald finden Wahlen statt. Schau die Menschen gut an, die sich bewerben."

In der Nähe des Stadtparks schert Golo aus der Menge aus. Er setzt sich auf eine Bank und mustert seine Sandalen. Ein Mann gesellt sich zu ihm und fragt mit scherzendem Unterton: „Sind deine Sandalen in Ordnung, oder hast du dir bei der Demonstration die Sohlen abgelaufen?"

Golo sagt: „Ich habe eine Wanderung vor mir. Da muss ich mich auf die Sandalen verlassen können." Ein geteertes Sträßchen führt aus der Stadt heraus, mündet hinter dem letzten Haus in einen Mergelweg. Eine Frau holt Golo ein. „Ich habe 3 leere Ordner in meinem Rucksack. Zuerst dachte ich, dass sie genau das Richtige sind, was ich brauche. Nun kann ich sie gar nicht verwenden. Möchtest du einen haben?"

Golo sagt: „Im Moment bin ich unterwegs und finde keinen Verwendungszweck."

Sie schlägt vor: „Du könntest von deiner Reise Notizen machen und im Ordner ablegen."

Er räumt ein: „Das wäre eine gute Möglichkeit. Allerdings bräuchte ich dann einen Rucksack."

- „Wie wäre es, wenn ich dir meinen Sack schenken würde?" fragt sie frisch heraus.

„Ich möchte mich lieber nicht mit Gepäck belasten", gesteht er.

Der Weg führt an einem Picknickplatz vorbei. An einem klobigen Holztisch sitzt ein Mann. Vor sich hat er einen riesigen Stapel Briefe aufgeschichtet. Er stanzt mit einem Locher Löcher aus. Freudig eilt die Frau auf ihn zu. „Bestimmt kannst du einen Ordner brauchen."

Er sieht auf. „Einen oder sogar mehrere. Gelocht habe ich nämlich fast alle Blätter."

Sie packt die Ordner aus. „Ich kann dir helfen. Möchtest du die Briefe nach dem Datum geordnet ablegen? Oder hast du an eine andere Ordnung gedacht?"

Der Mann richtet den Stapel auf, büschelt die obersten Briefe, die zu kippen drohen. „Wir ordnen sie nach dem Datum", entscheidet er.

Die Frau setzt sich zu ihm, öffnet einen Ordner. „Von wem sind die vielen Briefe?"

Er beginnt mit der Ablage. „Sie sind von einer Frau. Sie ist auf einer weiten Reise und schickt mir von jedem Ort einen Brief."

Golo verabschiedet sich. „Ich wünsche gutes Gelingen."

Der Weg steigt über einen Ausläufer des Bergs. Durch viele Kehren und Schleifen führt er in ein kleines lauschiges Tal zu einem Gießbach hinunter. Eine Lehrerin versammelt die Schulkinder ihrer Klasse um ein Felsenbecken mit einem Wasserfall. Sie stellen Klappstühle auf, nehmen die Zeichnungsmappe als Unterlage und beginnen zu malen. Jedes Kind sieht den Wasserfall anders, die Strudel und die Wellenringe, die durchs Becken ziehen. Die Lehrerin geht bei jedem Kind vorbei, betrachtet aufmerksam, wie es malt. Ein Kind ruft Golo zu: „Komm doch auch und schau, wie ich male."

Golo tritt zu ihm, schaut die Zeichnung an und sagt: „Dein Bild gefällt mir."

Nun wird er auch von anderen Schulkindern angesprochen, die wissen wollen, wie er ihr Bild findet. Er vertieft sich in jede Zeichnung. Die Kinder fühlen sich angespornt.

Nachher verlässt er das kleine Tal und wandert durch einen Wald, gerät vor eine Bühne aus roh gezimmerten Brettern. Ein Mann ruft: „Komm zu mir hinauf."

Golo steigt auf die Bühne. „Wird ein Theaterstück aufgeführt?"

Der Mann rückt Stühle um einen Tisch. „Du kannst mitspielen. Deine Rolle ist denkbar einfach. Auf ein Zeichen von mir bringst du mir den Teller mit der Kartoffel."

Er weist auf ein Gestell hinter dem Vorhang. „Dort liegt er bereit."

Quer über die Bühne schreitet Golo zum Vorhang, schlägt vor: „Proben wir meinen Auftritt!"

Der Mann lächelt. „Wenn ich die Hand flach auf den Tisch lege, kommst du mit der Kartoffel." Er setzt sich an den Tisch und gibt das vereinbarte Zeichen. Golo nimmt den Teller, kommt hinter dem Vorhang hervor und serviert die Kartoffel.

Der Staubsauger

Der Weg auf den Berg ist steil und steinig. Ein Mädchen geht unsicher, eilt zur Mutter. Sie reicht ihr die Hand. So kommen sie gut voran. Golo schließt zu ihnen auf. Das Mädchen dreht sich nach ihm um. „Auf dem Berg werde ich mit Steinen spielen."

Golo wünscht ihnen einen guten Aufstieg. Als er unterwegs bei einer Sitzbank Notizen schreiben will, wird sein Kugelschreiber plötzlich so heiß, dass er ihn in den Schatten legen muss, um ihn zu kühlen. Er kann nur wenige Zeilen schreiben, denn die Erhitzung wiederholt sich. „Das ist mir noch nie passiert", sagt er sich, lässt den Kugelschreiber auskühlen und schreibt mit dem Bleistift weiter.

Beim Weitergehen gelangt er zu einer Spielwiese, wo eine Gymnastikgruppe Lockerungsübungen macht. Die Leiterin lädt Golo ein. „Turne mit uns."

Er legt die Jacke und die Sandalen ab, läuft barfuß in der Gruppe mit, streckt sich, dehnt sich, geht in die Hocke, dreht sich um die eigene Achse, schlenkert die Arme. Nach den Übungen fragt ihn die Leiterin: „Fühlst du dich nun auch locker und fit?"

Heftig atmend zieht er die Sandalen an. „Die Übungen haben mir gutgetan."

- „So war es gedacht", sagt sie zufrieden und wendet sich wieder der Gruppe zu.

Die Jacke über den Arm gelegt, setzt Golo den Weg fort, kommt in ein Dorf, in welchem alle Leute die gleiche Mütze tragen. Sie ist hellgrün und hat einen dunkelgrünen Schirm. Ein Mann spricht Golo an: „Möchtest du deinen Hut nicht gegen die Mütze eintauschen? Du würdest sofort einer der unseren sein. Die Mütze verleiht dir Ansehen und Halt."

Golo erwidert: „Eure Mützen gefallen mir. Aber ich bleibe bei meinem Hut. Den kenne ich so gut, dass er wie ein Stück von mir ist. Und ich fühle mich wohl damit."

- „Wie du meinst", lenkt der Mann ein, „ich fand es wichtig, die Frage zu stellen."

Am Ende des Dorfs folgt der Weg einem Wiesenband, das sich um die Südseite des Bergs erstreckt. Golo begegnet einer Frau. Sie zeigt ihm eine Armbanduhr. „Willst du sie tragen?"

Aufmerksam betrachtet er sie. „Ich möchte lieber keine Uhr am Arm. Ich käme mir sonst wie an die Zeit gebunden vor."

Ein Mann stößt zu ihnen, erkundigt sich: „Worüber sprecht ihr gerade?"

Die Frau weist auf die Armbanduhr. „Ich würde sie gern verschenken."

Hocherfreut streckt er die Hand aus. „Schon lange suche ich eine Uhr, habe bis jetzt nicht die rechte gefunden."

- „Willst du sie einmal anprobieren?" fordert sie ihn auf.

Er legt sie an. „Sie passt! Darf ich sie wirklich behalten?"

Die Frau bekräftigt: „Sie gehört jetzt dir. Ich wünsche dir, dass du immer eine gute Zeit ablesen kannst."

Am Ende des Wiesenbands verzweigt sich der Weg. Golo

wählt den schmaleren Strang, der sich dem Berg zuwendet. Vogelstimmen klingen aus der Hecke am Wegesrand. Eine Frau kommt auf Golo zu. „Ich empfehle dir, in unserem Kurbad zu schwimmen." Sie führt ihn vor ein Becken mit kristallklarem Wasser, das an der Sonne funkelt, Lichtrillen in die Kronen der umliegenden Baumwipfel wirft. Auf einer Steinbank liegen Badehosen und ein Badetuch bereit. Golo schlüpft rasch aus den Kleidern, zieht die Badehosen an und schwimmt im Becken. Schon nach wenigen Schwimmzügen fühlt er ein angenehmes Prickeln auf der Haut. Er legt sich auf den Rücken, hält sich mit wenigen Bewegungen über Wasser, dreht sich in die Bauchlage und schwimmt mehrere Längen. Erfrischt verlässt er das Becken, trocknet sich ab, legt die Kleider wieder an.

„Das Wasser kommt aus einer Heilquelle", erläutert die Frau.

Golo dankt ihr für das Bad. „Ich fühle mich wohl."

Er findet hinter dem Kurbad einen Weg, der ins Grasland führt. Ein Junge ist mit einem Buch unterwegs. „Ich weiß nicht, ob ich es lesen soll."

Golo fragt: „Darf ich es einmal anschauen?"

Der Junge reicht es ihm. „Es sind Geschichten darin."

Sorgfältig liest er das Inhaltsverzeichnis und den Anfang der ersten Geschichte durch. „An deiner Stelle würde ich das Buch lesen", empfiehlt er dem Jungen.

Ein Stück weit begleitet ihn der Junge, bis sie zu einer weitkronigen Linde kommen. Darunter steht eine Sitzbank. Er lässt sich das Buch zurückgeben, setzt sich auf die Bank und schlägt es auf. Langsam, Zeile für Zeile, liest er sich in die erste Geschichte ein. Sein Gesicht hellt sich auf. Er lächelt vor sich hin.

„Du hast die Freude des Lesens entdeckt", sagt Golo und überlässt ihn seiner Lektüre.

Am Rand des Graslands befindet sich ein hellblaues Haus. Die Tür springt auf, und eine Frau läuft durch den Garten. „In meinem Haus ereignen sich seltsame Verwandlungen. Du musst einmal durchs Fenster hineinblicken und dich selber vergewissern, ob alles in bester Ordnung ist."

Golo wundert sich. „Warum sollte ich das tun? Es ist ja dein Haus, und es steht mir nicht zu, deine Ordnung zu bewerten."

Sie bittet aber darum. Mit einem Blick durchs Fenster überzeugt er sich von der Ordnung.

„Nun musst du schauen, was passiert, wenn du anklopfst", wünscht sie.

Er geht zur Tür, klopft an. Die Frau öffnet die Tür und zeigt ihm die Verwandlungen, die sich ereignet haben. Die Bücher sind aus den Gestellen gesprungen, liegen zerstreut auf dem Boden und Sofa herum. Das Geschirr hat den Schrank verlassen und steht gebraucht auf dem Tisch, als wären mehrere Personen soeben vom Essen aufgestanden, ohne sich um den Abwasch zu kümmern.

„Das ist allerdings seltsam", gibt Golo zu, „eben war alles noch aufgeräumt."

- „Das meine ich mit den Verwandlungen", seufzt sie, „ich kann sie mir nicht erklären."

Er kehrt zur Tür zurück. „Gibt es auch eine Rückverwandlung, wenn ich hinausgehe?"

- „Das passiert leider nicht", bedauert sie und beginnt mit

dem Aufräumen.

„Kann ich helfen?" fragt Golo.

Für das Angebot dankt sie ihm. „Ich bin gleich fertig. Es ist keine große Sache, nur sehr merkwürdig."

- „Vielleicht", rät Golo, „bringst du ein Schild an der Tür an mit der Aufschrift ‚Nicht anklopfen'."

Sie nimmt einen Karton und einen Stift, setzt die Idee gleich um. „Das mache ich."

Golo hält das Schild, während sie es an die Tür klebt. Dann verabschiedet er sich. „Nun sollte niemand mehr klopfen, und die Ordnung bleibt erhalten."

Er wandert auf einem Serpentinenpfad immer höher hinauf, bis er auf eine Fluh gelangt. Oben steht ein Mann mit einem Rucksack. „Hier drin ist ein spezieller Fallschirm. Er öffnet sich blitzschnell und lässt sich gut lenken." Der Mann springt vom Felsen, zieht die Leine. Der Fallschirm entfaltet sich. Ruhig gleitet der Mann zur Wiese hinunter, winkt. Golo winkt zurück. Der Mann faltet den Fallschirm zusammen, packt ihn in den Rucksack und macht sich an den Aufstieg. Oben angekommen, fragt er Golo: „Möchtest du es auch versuchen?"

Golo tritt an den Rand der Fluh. „Ich schaue dir gern noch einmal zu."

Der Mann wagt den zweiten Sprung. Mit einem klopfenden Geräusch geht der Fallschirm auf. Sicher schwebt der Mann abwärts, landet auf der Wiese.

Golo sieht sich auf dem Berg um, findet einen Waldpfad, der zu einem alten, halbeingewachsenen Abstellgleis führt. Dort steht ein Eisenbahnwagen. Auf seinem Dach wächst Gras. Eine Lokomotive rollt über die Schiene, hält vor dem Wagen. Die Führerin steigt aus, betrachtet ihn. „Das gibt Einiges zu tun, um ihn wieder startklar zu machen", bemerkt sie zu Golo. Sie geht um den Wagen herum. „Rost hat er nirgends angesetzt, aber das Gras auf dem Dach ist schon arg." Mit kurzen Trippelschritten klettert sie in die Lokomotive. „Möchtest du mitfahren?"

Golo dankt für die Einladung. „Ich bin zum ersten Mal hier und würde mich gern zu Fuß umschauen."

- „Das verstehe ich", sagt sie und fährt mit der Lokomotive davon.

Der Waldpfad windet sich um hohe Baumstämme. Golo schreitet ruhig voran, begegnet einem Mann. „Ich habe ein Notenbüchlein, komme aber kaum dazu, Musik zu komponieren. Möchtest du es haben?"

Golo betrachtet es, blättert darin. „Du hast es noch gar nicht gebraucht."

- „So ist es", bestätigt der Mann, „mich würde es freuen, wenn du etwas damit anfangen kannst."

Beim Anblick der Notenlinien hört Golo kleine Melodien. Sie sind wie die weitverzweigten Äste eines Baums, gehören alle zusammen. Er bedankt sich. „Ich nehme das Büchlein gerne und werde die Musik, die mir vorschwebt, ausschreiben."

Der Mann wünscht ihm viel Freude, geht weiter in die Richtung des Abstellgleises. Golo setzt sich auf einen Felsblock, beginnt mit dem Notieren. Zu jeder Melodie fallen ihm Begleitstimmen und Bässe ein, die er sofort hinzusetzt. Die Bewegungen der Menschen, die er sich dabei vorstellt, sind wie Tanzschritte, die neue Melodien hervorrufen. Ganz vertieft ins Notieren, hört er kaum die

Frau, die näherkommt, und blickt sie erstaunt an, als sie plötzlich vor ihm steht. „Was schreibst du?" erkundigt sie sich.

Er zeigt ihr die Noten. „Ich komponiere Musik."

Sie wirft einen Blick darauf. „Ich kenne einen Pianisten. Er wohnt ganz in der Nähe. Wir zeigen ihm deine Noten. Vielleicht hat er Lust, sie zu spielen."

Er steht auf. „Das würde mir gefallen."

Sie lenken die Schritte zum Waldrand. Das Haus des Pianisten ist von Efeu bewachsen, steht in einem parkähnlichen Garten im Südhang. Schon von Weitem ist der helle Klang des Konzertflügels zu hören. Als sie beim Garten eintreffen, schiebt er gerade eine kleine Pause ein, vertritt sich die Füße. Er freut sich über den Besuch. „Willkommen! Was führt euch zu mir?"

Die Frau deutet auf das Notenbüchlein. „Darin sind ganz neue Kompositionen."

Golo überreicht es ihm. „Hast du Lust, sie zu spielen?"

Der Pianist vertieft sich in die Noten, lädt sie ein: „Gehen wir zum Klavier!"

Die Glastür seines Musikraums ist ganz zurückgeschoben. Der Pianist trägt 2 Stühle auf die Terrasse hinaus, setzt sich auf die Klavierbank, stellt das Büchlein auf den Notenständer und beginnt zu spielen. Warm und weich lässt er die Melodien über den Begleitstimmen perlen. Er lässt sie zurücktreten, bringt sie hart akzentuiert wieder hervor. Der dauernde Wechsel macht sein Spiel abwechslungsreich und farbig. Die Frau und Golo klatschen nach dem Schlussakkord. Der Pianist klatscht auch und schaut Golo an. „Der Applaus gehört dir. Darf ich die Komposition behalten?"

Es macht ihm Freude, sie zu verschenken. „Du hast sie meisterhaft gespielt." Während sich die Frau zu einem Tee einladen lässt, bricht Golo lieber auf. „Ich würde gern auskundschaften, was es im Südhang zu entdecken gibt." Der Pianist empfiehlt: „Schau dir die Schmetterlinge an."

Golo verlässt den Garten, schlägt einen Pfad ein, der die Blumenwiese quert, sieht ein Pfauenauge, das zu einer Flockenblume fliegt. Als er kauert, um es genauer zu betrachten, kommt eine Frau und fragt: „Interessierst du dich für einen Schönheitswettbewerb?"

Er geht mit ihr in die Stadt. Auf dem Platz vor dem Rathaus schreiten Frauen im Badekleid über einen Steg. Die Jury sitzt auf Klappstühlen und hält Tafeln mit Punktzahlen hoch. Der Frau mit der höchsten Punktzahl setzt ein Jurymitglied die Krone auf. Sie ist die Schönheitskönigin, darf sich auf ein Podest stellen und einen Blumenstrauß entgegennehmen. Freundlich lächelnd geht die Jury mit Hüten durchs Publikum, um das Preisgeld zu sammeln. Im Anschluss an die Preisverleihung setzen sich die Leute auf die Bankreihen an langen Tischen. Frauen und Männer eines Servicebetriebs tragen ein festliches Essen auf. Fröhlich plaudernd beginnen die Gäste zu essen. Die Frau, die Golo in die Stadt begleitet hat, nimmt an einem Tisch Platz. Er spaziert durch die Stadt, sieht sich die bunten Fassaden im hellen Mittagslicht und die Schaufenster an. Ein Mann tritt aus einem Geschäft und sagt: „Wir haben gerade eine Aktion mit Staubsaugern."

Er holt einen aus dem Geschäft, führt ihn Golo auf dem Gehsteig vor. Der Straßenstaub um Golos Füße verschwindet im Nu in der Düse. Ein weggeworfenes Stück Papier saugt das Gerät mit einem schlürfenden Geräusch ein.

Nah und fern

Bei seinem Gang durch die Innenstadt begegnet Golo einer Frau. Sie macht ihn auf das seltsame Angebot einer Bank aufmerksam: „Du kannst hineingehen und ein Couvert beziehen. Jeder dritte Umschlag enthält einen namhaften Geldbetrag."

- „Eigentlich benötige ich im Moment gar nicht mehr Geld", sagt er. Doch schließlich nimmt es ihn wunder, was es mit der Aktion auf sich hat. Er begibt sich in die Bank.

„Hättest du gern ein Couvert?" fragt ihn die Angestellte. Bevor Golo zum Antworten kommt, lässt sie ihm durch die Durchreiche unter dem Sicherheitsglas einen Umschlag zukommen. „Viel Glück!"

Er öffnet das Couvert und zählt 4 Hunderternoten. „Die gehören einfach mir?"

Sie bestätigt: „Die hast du gewonnen."

Erstaunt steckt Golo das Geld ein, verlässt die Bank. Auf der Straße trifft er einen Mann, der ihm über das rätselhafte Gebaren einer anderen Bank berichtet. „Du kannst am Schalter frischen Salat beziehen. Hast du Geld bei dir?"

Golo erzählt ihm vom überraschenden Gewinn. „Ich bin kein Kunde, ging einfach in eine Bank und erhielt den Umschlag mit dem Geld."

- „Könntest du für mich einen Salat kaufen?" bittet der Mann, „ich habe gerade kein Geld bei mir und wäre froh darum."

Neugierig, was ihn erwartet, betritt Golo die zweite Bank, sieht im Schalterraum lauter Pflanztröge. Eine Angestellte schneidet einen Salat ab, schlägt ihn in ein Papier ein. Als Golo zahlen will, hebt sie abwehrend die Hände. „Der erste Salat ist gratis."

- „War er teuer?" erkundigt sich der Mann, als Golo aus der Bank kommt.

Er zuckt mit den Achseln. „Ich weiß nicht, was mit den Banken los ist. Sie verschenken Geld und Salat."

Er gibt ihm den Salat und geht auf einer kleinen Straße aus der Stadt zum See. Das Wasser funkelt. Die Wellensterne blinken. Er wandert das Ufer entlang. Eine Frau kommt ihm entgegen, trägt einen dünnen, langen Mantel. „Weißt du, ob hier früher ein Badestrand war?"

Golo schaut sich um. „Ich bin zum ersten Mal hier und müsste zuerst Erkundigungen einziehen."

Weiter möchte die Frau wissen: „Ist mein Mantel zu lang? Was meinst du?"

Er fragt zurück: „Wie kommst du darauf?"

- „Heute, als ich ihn anlegte, kam er mir plötzlich zu lang vor", erklärt sie.

Golo betrachtet ihn aufmerksam. „Wäre es umständlich, ihn zu kürzen?"

„Man müsste einfach den Saum umschlagen und nähen", sagt sie, zieht den Mantel aus, legt ihn auf eine Felsenplatte und macht sich gleich am Stoff zu schaffen.

Ein Mann tritt hinzu. „Womit beschäftigt ihr euch gerade?" Die Frau streicht mit der Hand über den Mantel. „Ich überlege mir, ob ich den Mantel ändern soll. Er reicht fast bis zum Boden."

Er sieht den Saum, den sie umgeschlagen hat. „Mit ein paar Stichen wäre er bald in der neuen Länge genäht. Du könntest damit umhergehen und merken, wie es sich anfühlt. Hernach kannst du den Saum mit der Maschine nähen."

Aus seiner Jackentasche zieht er Nadel und Faden, beginnt den umgeschlagenen Saum zu nähen. „Ich wähle grobe Stiche. Richtig nähen macht erst einen Sinn, wenn die Länge stimmt."

Als er fertig ist, beißt er den Faden durch. „Jetzt solltest du ihn unbedingt anprobieren."

Stracks schlüpft sie in den Mantel, geht ein paar Schritte. „Wie sitzt er?"

Der Mann ruft: „Ausgezeichnet!" Er lässt den Blick zu Golo wandern. „Wie siehst du es?"

Er wendet sich an die Frau: „Entscheidend ist, wie du dich fühlst", meint er.

Sie dreht sich um die eigene Achse, lässt den Mantel hochwirbeln. „Jetzt stimmt die Länge. Und ich fühle mich wohl."

Der Mann setzt sich auf die Felsenplatte. „Es gehört immer ein bisschen Glück dazu, dass es auf Anhieb klappt."

Sie lässt sich neben ihm nieder. „Bist du Schneider? Oder wo hast du so gut nähen gelernt?"

Golo überlässt sie dem Gespräch, folgt weiter dem Uferweg. In der glatten Oberfläche des Sees spiegeln sich Wolken. Tiefblau schimmert das Wasser. In einer Bucht kommt ihm eine Frau entgegen. „Ich bin Pfarrerin", stellt sie sich vor, „und werde hier gleich ein Brautpaar treffen, das an diesem wunderbaren Ort die Hochzeit feiern möchte. Gefällt es dir hier? Würdest du auch an diesem Ort feiern?"

Golo blickt in die Runde. „Der Ort ist gut gewählt."

Das Brautpaar erscheint mit fröhlichem Geplauder. „Ist bei euch alles in Ordnung", erkundigt sich die Pfarrerin, „oder gibt es noch etwas zu klären?"

Die Frau weist auf den Mann. „Er will den Ring am kleinen Finger tragen. Und ich möchte, dass er den Ringfinger schmückt."

Die Pfarrerin betrachtet seine Hand. „Ist es ein Problem? Kannst du es lösen?"

Er spreizt die Finger zu einem Fächer. „Für mich ist der kleine Finger der Ringfinger."

- „Du könntest für den Ehering eine Ausnahme machen", schlägt die Pfarrerin vor.

„Aber das ist der Ring, den ich von der Hochzeit an immer tragen werde", betont er, „darum ziehe ich den kleinen Finger vor."

Die Pfarrerin ringt die Hände. „Das Anziehen der Ringe ist ein Bestandteil der Feier. Was machen wir da?"

Ihr Blick schweift zur Frau. „Hast du eine gute Idee?"

Die Frau schaut Golo an. „Was ist deine Rolle bei der Feier?"

- „Ich habe mich nur ein wenig mit der Pfarrerin unterhalten, bevor ihr eingetroffen seid", erklärt er und wendet sich zum Gehen.

„Bleib noch einen Moment", bittet sie, „nun hast du gehört, dass uns die Ringe beschäftigen. Wie denkst du darüber?"

Er empfiehlt: „Plant die Feier ohne Ringe und macht später, wenn ihr euch geeinigt habt, ein Fest mit den Ringen."

- „Dann können wir mehrmals Hochzeit feiern", freut sich die Frau, „und uns für die Ringe Zeit lassen."

Der Mann findet den Vorschlag gut. „Genauso machen wir es."

Die Pfarrerin lenkt das Gespräch nun auf die Feier am See. Golo verabschiedet sich und wünscht ihnen viel Glück und gutes Gelingen. Er verlässt den Uferweg, findet einen Pfad, der steil den Hang hinaufsteigt. Vor einem weitläufigen Garten bleibt er stehen, legt eine kleine Verschnaufpause ein. Auf einer mit Gras überwucherten Steinterrasse sitzen eine Frau und ein Junge an einem Gartentisch, winken Golo. „Willst du zu uns heraufkommen?" lädt ihn die Frau ein. Ein Kiesweg führt vom Gartentor durch die Blumenwiese zur Terrasse. Die Frau rückt den dritten Stuhl. „Setz dich doch zu uns."

Golo nimmt Platz.

Auf dem Tisch liegen eine alte Steckdose und ein Stecker. Sie sagt: „Wir untersuchen gerade, wie sie aufgebaut sind."

Der Junge schraubt beide Teile auseinander. „Ich möchte einmal Elektriker werden."

Sogleich setzt er sie wieder zusammen.

Golo schaut ihm eine Weile lang zu. „Du gehst sehr geschickt mit dem Schraubenzieher um."

Ein Mann tritt aus dem Haus. Er hat hüftlange Haare, fragt Golo: „Möchtest du an einer Stadtführung der anderen Art teilnehmen?"

- „Wie würde sie aussehen?" möchte Golo wissen.

Der Mann legt eine Stirnlampe an. „Wir benutzen Schächte, welche nicht mehr gebraucht werden."

Golo folgt ihm zum Gartentor. Gleich neben dem Briefkasten hebt der Mann einen Deckel an, steigt die Eisenleiter, die im Schacht angebracht ist, hinunter. Golo klettert
hinterher. Der Mann klaubt eine zweite Stirnlampe aus der
Tasche. „Um die bist du vielleicht froh."

Von der Außenwelt fällt kein Licht in den langen Schacht,
den sie durchwandern, bis sie zu einer Eisenleiter kommen. Der Mann stemmt den Deckel an. Zur Verwunderung Golos sind sie mitten in der Innenstadt bei einem
Platz mit Kopfsteinpfläs1terung. Sie tauchen wieder unter.
Der Mann führt Golo sicher durch ein weitverzweigtes, la-
byrinthisches Gangsystem. Diesmal kommen sie vor dem
Rathaus an die Oberfläche. Die Passanten staunen, als der
Mann und Golo unter dem angehobenen Deckel hervor-
gucken. Andere breite Röhren bringen sie in einen Keller
mit Natursteinmauern. Golo drängt zum Weitergehen.
„Ich möchte nicht in einen Privatraum tappen."

- „Das verstehe ich", sagt der Mann. Sorgfältig schließt er
den Deckel hinter Golo. Bei einem kleinen Park verlassen
sie die Schächte.

Golo dankt für die Führung. „Der Weg durchs Labyrinth
war eindrücklich."

Der Mann streicht sich über den Bauch. „Es braucht ein
gutes Bauchgefühl." Als ihm Golo die Stirnlampe zurückgibt, fügt er bei: „Und den sicheren Blick."

Geblendet blinzelt Golo. Er muss sich erst wieder ans Ta-
geslicht gewöhnen. Beim Abschied sagt der Mann: „Wir
haben erst einen kleinen Teil durchwandert. Wenn du Lust
hast, weitere Schächte zu begehen, kommst du einfach
bei mir vorbei."

Froh, wieder an der Oberwelt zu sein, wandert Golo durch die Stadt, bis er aus einem Innenhof eine Stimme hört. „Setzt euch bitte. Es hat genug Stühle."

Von der Straße führt ein kleiner Durchgang in den Hof. Golo nimmt es wunder, wer die Einladung macht. Im Durchgang wäre er fast mit dem Mann zusammengeprallt, der nachsehen will, ob noch ein paar Menschen nachkommen. „Interessierst du dich auch für die Reise?"

- „Welche Reise denn?" fragt Golo.

Der Mann stellt sich vor: „Ich bin Reiseleiter, teile gleich mit, wie die geplante Reise verlaufen wird. Es hat noch freie Stühle." Er weist auf die Stuhlreihen, die im Innenhof aufgestellt und gut besetzt sind.

Golo stellt sich hinter die hinterste Reihe. Der Reiseleiter eilt nach vorne, grüßt die Anwesenden und schildert die Reise: „Am ersten Tag fahren wir mit dem Solarbus zum Hotel am See, beziehen die Zimmer und treffen uns am Strand."

Leise wendet sich Golo zum Gehen, verlässt den Innenhof und streift durch die Stadt. Auf einem kleinen Platz, den hohe Giebelhäuser und Bäume umgeben, hat eine Reiseleiterin Zuhörer versammelt. Etwas entfernt von der Gruppe tritt Golo unter einen Baum und hört zu. Die Reiseleiterin wirbt für eine Reise zu einem Musikfestival. „Es findet auf mehreren Bühnen statt. Das Programm können sich die Gäste selber zusammenstellen. Wollt ihr lieber im Zelt oder im Hotel übernachten? Ihr könnt den Ort frei wählen."

Golo verlässt den Platz, schlägt einen Weg ein, der aus der Stadt ins Grasland führt. Ein Mann kommt ihm entgegen.

„Suchst du einen Austausch mit einer Frau oder einem Mann in einem weit entfernten Land? Ich könnte dir den Kontakt vermitteln." - „Im Moment schätze ich die Nähe", gesteht Golo, „es macht mir Spaß, direkt in Kontakt zu treten und mich auszutauschen."

- „Die Nähe muss ja die Ferne nicht ausschließen", meint der Mann, „oft können gegensätzliche Welten einander durchdringen."

Golo erwidert: „Wenn das bei mir der Fall ist, komme ich gern auf dich zu."

Eine Feder im Wind

Auf dem Weg zum Fluss gelangt Golo in ein Dorf. Er schlendert durch die Straßen. Auf einem Platz trifft er eine Frau. „Wir haben ganz neue Solarmodule entwickelt. Auf kleinstem Raum liefern sie eine große Menge Strom." Sie räkelt und streckt sich, klaubt ein kleines Plättchen mit Solarzellen aus der Tasche hervor, schließt es an ein Lämpchen an, lässt es leuchten. Dann geht sie mit Golo durchs Dorf und zeigt ihm, welche Häuser bereits mit dem neuen System ausgerüstet sind.

Auf dem Platz vor einem Haus hat sich ein Team versammelt. Die Mitglieder beraten, ob sie das neue System auf dem Dach installieren wollen. „Die Vorteile überwiegen", sagt ein Mann.

Eine Frau fügt bei: „Das neue System ist in Ziegeln integriert. Äußerlich wird man dem Dach nur ansehen, dass es neu gedeckt ist."

- „Machen wir eine Abstimmung", schlägt ein jüngeres Teammitglied vor.

„Wer ist dafür?" fragt ein älteres.

Alle recken die Hände in die Höhe.

„Das ist einstimmig", stellt der Mann fest.

Und die Frau ergänzt: „Wir werden das System also einrichten lassen."

Im Team wird ein Unterschriftenbogen herumgereicht. Fröhlich plaudernd unterschreiben die Mitglieder.

Auf seinem Weg durchs Dorf kommt Golo zu einem Park. Die urwüchsigen Stämme tragen Wipfel mit weit ausladenden Ästen. Zu Golos Verwunderung tritt ein Mann aus einem Stamm hervor, fragt: „Möchtest du auch durch Bäume und Mauern hindurch gehen?"

- „Wie ist das für den Baum?" erkundigt sich Golo.

„Er spürt nichts", sagt der Mann und geht vor Golos Augen durch eine Steinmauer hindurch, als wäre sie der feine Sprühregen einer Dusche. Er kehrt durch die Mauer zurück, blickt Golo auffordernd an. „Willst du es auch lernen?"

Golo hebt die Augenbrauen. „Wie machst du das?"

Der Mann erklärt: „Du hältst den Atem an, sagst mit der inneren Stimme zu dir selber: Hindurch! und dann gehst du los."

Golo stellt sich vor die Steinmauer, hört auf zu atmen, befiehlt sich mit der inneren Stimme: „Hindurch." Er schreitet durch die Mauer hindurch, ohne sie zu spüren. Auch auf dem Rückweg durch die Wand fühlt er nichts von Steinen, sondern kommt reibungslos hindurch.

Der Mann klatscht. „Du hast es schon gelernt. Jetzt kannst du dir überlegen, in welches Gebäude du hineinspazieren möchtest, ohne an der Tür zu klingeln." Er verschwindet in der Steinmauer. Golo folgt ihm nicht nach, sondern schaut sich im Park um. Ein Solarlastwagen fährt zum Parkplatz unter den Bäumen. Die Fahrerin steigt aus, klappt das Verdeck hoch und wandelt die Laderampe in einen Verkaufsstand um. „Ich biete dir Obst, Gemüse und Beeren aus biologischem Anbau an", sagt sie zu Golo.

„Ich bin im Moment nicht auf einem Einkaufsbummel", erwidert er.

„Das macht fast gar nichts", meint sie und schenkt ihm einen Apfel und eine Erdbeere zum Probieren. „Damit du auf den Geschmack kommst und weißt, wo du feine Sachen holen kannst, wenn du sie brauchst."

Golo kostet die Beere und den Apfel, lobt den fruchtigen Geschmack. Im Park betrachtet er eine Eidechse, die über die Steine flitzt. Ein Mann fordert ihn auf: „Komm unter den Bäumen hervor auf den Rasen. Von hier siehst du auf den Berg."

Golo stellt sich neben ihn, wirft einen Blick auf den dunkelgrün bewachsenen Berg. Der Mann schlägt vor: „Wir könnten einen Ausflug planen. Wann hast du Zeit, mit mir hinaufzugehen?"

Ruhig lässt Golo den Blick vom Berg zum Gesicht des Mannes wandern. „Wir könnten gleich loswandern."

Der Mann bedauert: „Zuerst muss ich noch ein paar Sachen erledigen. Aber dann wäre ich frei und bereit."

Golo sagt: „Lass dir ruhig Zeit. Vielleicht treffen wir uns woanders wieder."

Der Mann zückt seine Agenda. „Einmal im Monat könnten wir gemeinsam einen Ausflug unternehmen. Was hältst du davon?"

- „Ich möchte mich nicht festlegen", entscheidet Golo, „solche Ausflüge können sich jederzeit spontan ereignen."

Zufrieden zieht sich der Mann zurück. „Vielleicht können wir uns im Lauf der Zeit schon auf vereinbarte Wanderungen einigen."

Golo schaut ihm nach und versucht sich vorzustellen, welchen Beschäftigungen der Mann wohl nachgeht. Er findet einen gekiesten Weg, der ihn aus dem Park führt und die Richtung zum Waldberg einschlägt. Der Anstieg beginnt unter hohen Bäumen am Waldrand. Nach mehreren Schleifen erreicht Golo eine ausgedehnte Lichtung mit einem Felsenbecken. Aus großer Höhe rauscht ein Wasserfall herab. Rasch zieht er die Kleider aus, stellt sich unter die erfrischende Dusche und springt ins Wasser. Nachdem er mehrere Runden zügig geschwommen ist, macht er es sich auf einem Felsen an der Sonne bequem. Dann schlüpft er in die Kleider, begibt sich auf den Wanderweg, der in schmalen Kehren ansteigt. Im lichtdurchfluteten Buchenwald trifft er eine Frau. Sie sagt: „Ich arbeite an einem neuen Comicalbum. Hauptpersonen sind eine Frau und ein Mann. Wenn du Lust hast, lasse ich dich gern in meine Mappe gucken."

Er begleitet sie zu einem sonnenverbrannten Holzhaus. Im Wohnzimmer sind die Blätter auf dem Tisch und auf dem Sofa ausgelegt. Golo studiert die bunten Bilder. „Die Frau und der Mann laufen sehr schnell. Sie sind auf der Flucht oder verfolgen jemanden", vermutet er.

Die Frau lacht. „Du hast das Wesentliche dieser Geschichte schon erfasst. Lange bleibt offen, wer die Verfolgten und wer die Verfolger sind."

Golo schaut die Bilder genauer an. „Die 2 Männer, die ebenfalls am Rennen sind, könnten die Gejagten sein. Sie schauen zurück."

- „Das hast du richtig beobachtet", lobt sie, tritt vors Haus und spannt den Sonnenschirm auf.

Sie setzen sich an den Gartentisch und trinken Tee. „In diesem Comic", erzählt sie, „spiele ich mit dem Wechsel.

Die Gejagten sind plötzlich die Jäger und die Jäger die Gejagten."

Die Frau kommt auf einen Aussichtspunkt zu sprechen. „Wir könnten um den Berg herumwandern und die große Stadt von oben betrachten."

Nach dem Tee gehen sie zu diesem Felskopf und schauen hinunter. Von oben wird deutlich sichtbar, wie die Stadt mit den umliegenden Dörfern und Weilern zusammengewachsen ist. „Wie das Wurzelgeflecht im Wald oder die Wipfel der Bäume, die ein geschlossenes Laubdach bilden."

Golo beugt sich vor. „So deutlich habe ich das Verschmelzen der Ränder noch nie gesehen. Das möchte ich aus der Nähe betrachten."

Die Frau zeigt ihm einen kleinen Pfad, der in die große Stadt hinunterführt. Bei einer Siedlung, die sich an den alten Kern der Stadt schmiegt, kommt Golo aus dem Wald. Er gelangt direkt in die Zone, wo zwischen den Rändern eines Dorfs und der Stadt Wohnbauten entstanden sind. Mit geschärftem Blick für die ursprünglichen Ränder wandert Golo durch die Straßen der Siedlung. Nur wenige schmale Streifen des Graslands sind übriggeblieben. Bei einem Schulhaus wimmelt eine fröhliche Kinderschar auf dem Pausenplatz durcheinander. Ein Mann steht am Rand, winkt Golo, klagt: „Wir haben einfach zu wenig Lehrer. Möchtest du einspringen? Es ist egal, aus welchem Beruf du kommst. Hauptsache, du hast Freude, Kinder fürs Lernen zu begeistern."

Eine Frau nähert sich mit entschlossenem Schritt. „Ich würde gerne Lehrerin sein."

Der Mann atmet hörbar auf. „Gerne zeige ich dir das Schulzimmer." Er geht mit ihr ins Schulhaus. Golo lenkt seine Schritte aus der Siedlung heraus, nähert sich der dem alten Stadtkern und gelangt in einen Park. Unter einer Baumgruppe in der Rasenfläche steht ein Liegestuhl aus Drahtgeflecht. Ein Mann fragt Golo: „Hast du ihn schon ausprobiert?"

Golo geht um den Liegestuhl herum. „Ist das Geflecht wohl bequem?"

Der Mann drückt seine Hand darauf. „Nur wenn du dich darauflegst, wirst du es erfahren."

Sorgfältig lässt sich Golo darauf nieder, streckt die Beine. „Ein bisschen hart fühlt er sich schon an."

Er fällt sofort in einen tiefen Schlaf. Als er die Augen wieder aufschlägt, sieht er ein Kind, das unter dem Liegestuhl Spielfiguren aufgestellt hat. Er steht auf, kauert neben dem Kind, erkundigt sich: „Was machen die Figuren gerade?"

Das Kind läuft zu seiner Mutter, die auf einer Bank sitzt, lässt sich einen Stift und einen Malblock reichen, geht zu Golo, zeichnet einen roten Kreis. „Hier ist das Land der roten Männchen." Daneben malt es einen blauen Kreis. „Das ist das Land der blauen Männchen. Zwischen dem roten Land und dem blauen Land ist das Zwischenreich. Hier treffen sich die roten und die blauen Männchen und machen ab, dass sie sich besuchen. Dann dürfen rote Männchen auch ins blaue und blaue Männchen auch ins rote Land."

- „Also kommen sie gut miteinander aus", folgert Golo, richtet sich auf. Er verlässt den Park, spaziert stadteinwärts. Neugierig studiert er einen Wegweiser, der die Außengemeinden anzeigt.

Eine Frau fragt: „Wo willst du hin?"

- „Im Moment bin ich unterwegs in die Innenstadt. Aber, was mich wundernimmt: Sind diese Außengemeinden noch selbständig?"

Die Frau wirft einen Blick auf den Wegweiser. „Sie gehören alle zur Stadt."

Ein Segelboot schwebt mit leicht geblähtem Segel über der Straße. Der Mann am Steuerruder springt auf, steigt aus. „Ich schenke dir das Boot."

Golo gibt zu bedenken: „Ich habe noch nie ein Segelboot gelenkt."

- „Es ist kinderleicht", versichert der Mann, verschwindet in einer Seitengasse.

Golo klettert ins Boot, setzt sich ans Steuerruder. Das Boot fliegt langsam in geringer Höhe über der Straße zum See, wassert in der Nähe eines Bootsstegs. Eine Frau fragt: „Darf ich einsteigen?"

Golo steht auf. „Kannst du segeln?"

Die Frau übernimmt das Steuerruder. „Das mache ich sehr gerne." Sie lenkt das Boot in den See hinaus. Leise plätschern die Wellen gegen den Bug. Der Steg und die Stadt werden kleiner. Vor dem Segelboot taucht eine Insel auf. Die Frau lenkt es in eine Bucht. Ultramarinblau und smaragdgrün schimmert das Wasser im Schatten der Bäume. Bei der Anlegestelle vertäut sie das Boot, steigt aus. Golo sieht sich um. 2 Felsen ragen wie mächtige Zähne auf. Dahinter verzweigen sich viele Pfade, führen in den Inselwald. Die Frau schlägt den ufernahen Weg ein, der die Südseite der Insel erschließt. Ein Sandstrand schmiegt sich an die Bucht. Etwas windschief lehnt sich eine offene Hütte gegen einen Felsen. Die Frau und Golo sehen Federkleider darin.

„Was hältst du davon", fragt die Frau, „sollen wir sie anprobieren? Vielleicht stehen sie uns, und wir können Vögel spielen."

Sie treten in die Hütte und ziehen sich um. Die Frau läuft über den Strand, schwingt die Arme wie Flügel. Golo breitet die Arme aus, als würde er durch die Luft gleiten und segeln. Die Frau schlägt vor: „Das sollten wir in der Stadt auf einer Bühne zeigen."

Sie steigen ins Segelboot. Die Frau löst das Seil, strafft das Segel, lenkt das Boot aus der Bucht. Der Wind treibt kleine Wellen. Leicht schaukelnd gleitet das Segelboot zur Stadt hinüber, wo die Frau beim Bootssteg anlegt und das Segel einzieht. Über die Strandpromenade gelangen sie zum Park, steigen die Treppe zur Freiluftbühne hoch, die mitten in der Rasenfläche steht. Locker und leicht bewegt die Frau die Arme, als würde sie nächstens wie mit Flügeln abheben. Golo streckt die Arme aus, tanzt über die Bühne. Eine Feder löst sich aus seinem Federkleid. Mit einer schnellen Handbewegung versucht er, sie zu erhaschen. Sie gleitet im Wind von der Bühne. Ein Kind rennt los, fängt sie, steckt sie ins Haar, hüpft und dreht sich wie die Feder im Wind.

Im Auge des Rehs

Auf der Wanderung erreicht Golo eine unscheinbare Ort-schaft. Sie hat keine spektakulären Bauten. Haus reiht sich an Haus. Er blickt sich um. Ein Mann spricht ihn an: „In unserem Dorf ist es wie vor dem Regen. Niemand ist zu Fuß unterwegs. Wer trotzdem nicht ins Solarmobil steigt, sondern die paar Schritte bis zum Laden geht, wundert sich, wenn er jemanden antrifft, der sich auch zeigt. Dann schauen wir uns an, als wollten wir fragen: Was machst denn du da?"

Golo sagt: „Auf diese Frage kann ich leicht Auskunft ge-ben. Ich wandere durchs Tal und sehe es mir an."

Der Mann vermutet: „Dann hast du sicher viel zu erzählen. Ich habe gern Geschichtenerzähler zu Besuch."

Er macht auf dem Absatz kehrt, geht zu seinem Haus, öff-net die Tür. „Mach es dir bequem. Ich bin gleich zurück."

Golo tritt einen Schritt zurück. „Ich werde mich doch nicht in deinem Haus aufhalten, wenn du nicht da bist."

Unter der Tür bleibt der Mann stehen. „Ich habe es so ein-gerichtet, dass sich Besucher gleich wie zu Hause fühlen. Nimm auf dem Sofa Platz und warte auf mich."

Lächelnd wendet sich Golo zum Weitergehen: „Ich werde dich besuchen, wenn du zu Hause bist."

- „Auch gut", sagt der Mann. Er schließt die Tür, schlendert das Dorf hinunter.

Eine Frau geht auf Golo zu, erkundigt sich: „Hat er dich

eingeladen?"

- „Ich fand es eine sonderbare Einladung", antwortet Golo, „ich sollte in seinem Haus auf ihn warten."

Sie lacht. „Das alles kommt in unserem Dorf vor. Ich habe auch eine Einladung für dich. In der Galerie findet eine Vernissage statt. Es freut mich, wenn du dabei bist."

Im Gespräch gelangen sie vor die Galerie. Sie befindet sich in einem Haus mit weißumrandeten Fenstern. Im langen Innenraum stehen die Gäste, betrachten die Bilder an den Wänden. Bevor der Galerist ans Glas klopft und eine kurze Begrüßungsrede hält, schreiten die Frau und Golo ringsum und schauen die Bilder an. Die mit Leinwand bespannten Keilrahmen zeigen winzige Menschen, die durch einen Wald von riesigen Blumen und Gräsern tappen. Golo findet auf einem Steinway Konzertflügel Noten auf dem Ständer, hört die Musik klingen. Auf einem Tisch liegt ein Comic, den er interessiert liest. Die Geschichte handelt von einem Paar, das auf eine Insel gerät, wo die Blumen, Gräser und Schmetterlinge größer als die Menschen sind. Golo taucht in die Welt der bunten Bilder ein. Die Reden des Galeristen und der Künstlerin vernimmt er wie aus weiter Ferne. Auch die Musik, welche die Pianistin vorträgt, erreicht ihn kaum. Erst als die Künstlerin ihn plötzlich anspricht, wird seine Aufmerksamkeit wieder in die Galerie gelenkt. „Ich habe mich von diesem Comic inspirieren lassen", berichtet sie, „unsere ganze Welt würde sich verändern, wenn die Menschen kleiner als die Blumen und Schmetterlinge wären."

- „Das ist im Comic sehr lebendig dargestellt", sagt er und legt den Bildband auf den Tisch zurück. Sein Blick wandert über die Bilder an der Wand. „Du hast die Geschichte auf deine Weise wunderbar weitererzählt."

Die Künstlerin dankt ihm für das Kompliment.

„Jetzt muss ich mich aber wieder bewegen", sagt sich Golo, verlässt die Galerie und wandert weiter durch den Ort.

Vor seinem Hof steht ein Bauer neben einem Solarmobil. „Es ist neu. Ich habe meinen Sohn gefragt, ob er auch einverstanden ist, dass ich den Kaufpreis in Raten erstatte." Das Solarmobil enthält einen PC mit Drucker. „So kann ich meine Augen schonen, muss nicht alles vom Bildschirm ablesen", erläutert er, „längere Dokumente drucke ich einfach aus." Er zeigt Golo ein Fach. „Hier kann ich die Ordner mit den ausgedruckten Dokumenten einschieben." - „Brauchst du PC, Drucker und Ordner wirklich im Auto?" fragt Golo.

„Das wird sich zeigen", meint der Bauer. Er stemmt die Arme in die Hüften. „Sie sind jedenfalls vorhanden."

Golo spaziert aus dem Ort hinaus, findet einen schmalen Weg, der ins Grasland führt. Bei einem gemähten Wiesenhang trifft er eine Gruppe Skifahrer. Die Leiterin zeigt Golo den Ski. „Der Gurt mit den Gleitelementen ermöglicht die Fahrt." Sie fährt der Gruppe einen Bogen vor. Golo schaut zu, wie die Mitglieder der Gruppe ihren Hüftschwung übernehmen. Hinter dem Hang gelangt Golo in eine Blütenwiese. Bienen summen von Blume zu Blume. In Umrissen erscheint eine Stadt. Erst als Golo näherkommt, zeichnen sich die einzelnen Häuser ab. Am Ende der Wiese mündet der Weg in eine Straße, welche die Innenstadt erschließt. Golo wählt einen gemütlichen Schlendergang, dass die Häuserzeilen der Vorstadt langsam an ihm vorbeiziehen. Eine Frau holt ihn ein. „Heute beim Erwachen", erzählt sie, „nahm ich mir vor, einen neuen Rock anzuziehen. Ich durchsuchte den Schrank, fand nichts Passendes. Da beschloss ich, einen Rock zu kaufen." Sie guckt Golo an. „Begleitest du mich?" - „Nur in die Stadt oder auch in den Kleiderladen?" vergewissert er sich.

„Natürlich auch in den Laden", wünscht sie.

Das Geschäft befindet sich in einem Eckhaus, wo die Straße in einen kopfsteingepflasterten Platz einbiegt. Die Frau und Golo treten ein. Eine Verkäuferin erkundigt sich nach ihren Wünschen. „Was darf es denn sein?"

- „Ich hätte gern einen Rock", bestellt die Frau.

Die Verkäuferin führt sie zu einer langen Stange, an welcher Röcke in allen Längen, Größen und Farben hängen. Die Frau beginnt zu stöbern. Sie wählt einen kurzen, himbeerroten Rock aus, eilt in die Kabine, probiert ihn an. Der Vorhang fliegt, sie zeigt sich im neuen Rock. „Was sagst du dazu?"

- „Dreh dich einmal um", fordert sie Golo auf.

Sie wirbelt auf der Zehenspitze herum. „Nun?" Sie bewegt sich katzenhaft geschmeidig wie zu einer unhörbaren Musik.

Seine Augen strahlen. „Behalte den Rock gleich an! Er ist wie für dich geschneidert."

Mit tänzelnden Schritten tritt sie vor den Spiegel. „Den nehme ich."

Die Verkäuferin schneidet das Preisschild ab. Rasch holt die Frau ihren alten Jupe aus der Umkleidekabine, steckt ihn in ihre Tasche.

Als die Frau und Golo vergnügt den Laden verlassen, begegnen sie einem Mann. Er kennt die Frau persönlich, und macht sich mit Golo bekannt.

„Was hältst du von meinem Rock?" fragt sie den Bekannten.

„Er steht dir sehr gut", sagt er, „hast du ihn soeben gekauft?"

Sie berichtet, wie sie ihn an der Stange hängen sah und sofort begeistert war. Während sie sich mit dem Bekannten unterhält, geht Golo gemächlich weiter, bis er am Rand der Stadt zum Wald gelangt. Ein Mann und ein Junge lesen Abfall auf, tragen ihn zu einem Mülleimer. „Es ist unglaublich, wie achtlos die Leute mit leeren Schachteln und Tüten umgehen. Sie lassen sie einfach auf der Sitzbank stehen oder werfen sie auf den Waldboden. Dabei hat es doch überall Mülleimer. Ich verstehe das nicht."

Der Junge bückt sich, hebt eine Dose auf. „Aber gleich haben wir Ordnung gemacht."

Golo dankt ihnen für den Einsatz, geht den Waldrand entlang, kommt zu einem Holzhaus, das unter einem riesigen Baum steht. Eine Frau sitzt am Spinnrad, spinnt aus Schafwolle Garn. „Ich stelle mein Garn zum Stricken selber her", teilt sie Golo mit.

Er tritt näher. „Was machst du mit dem Garn?"

- „Ich stricke Socken. Willst du auch ein Paar?" fragt sie.

Rasch stellt Golo einen Fuß vor. „Ich gehe barfuß in den Sandalen."

Aufmerksam studiert sie seinen Fuß. „Ich habe Socken deiner Größe. Wenn du kalte Füße bekommst, schaust du bei mir herein."

- „Danke für das Angebot", sagt Golo, „das sind gewiss besondere Socken."

Er kehrt auf den Weg zurück, der den Waldrand säumt. Orchideen und Graslilien blühen im Wiesenhang. Eine Frau kommt ihm entgegen. „Ich arbeite für die Zeitung", stellt sie sich vor, „das Thema meiner Artikelserie sind die Haare." Sie fasst seinen Kopf ins Auge. „Was machst du mit deinen Haaren?"

Golo schiebt eine Strähne zurück. „Ich lasse sie einfach wachsen und kämme sie."

Aus ihrer Tasche kramt sie einen Stift und einen Block hervor. „Mehr muss ich vorderhand nicht wissen. Es war sehr freundlich von dir, dass du meine Frage beantwortet hast."

Er erwartet ein paar weitere Fragen. Doch sie geht weiter. Einen Augenblick bleibt er verwundert stehen, streift dann weiter den Waldrand entlang. Auf einer Bank sitzt ein Mann. „Ich entwerfe einen italienischen Brief." Er liest ihn laut vor. „Gefällt dir der Klang der Wörter?"

Golo lauscht den Silben nach. „Der Brief gerät dir sehr musikalisch. Du hast den Ton getroffen."

Zufrieden mit der Antwort, macht sich der Mann wieder ans Schreiben.

Bei einem Ausläufer des Waldbergs verzweigt sich der Weg. Golo biegt in den Wiesenpfad ein, kommt auf einen Platz mit einem Stufenbarren. Eine Kunstturnerin nimmt Anlauf. Ihr Körper wirbelt um den unteren und oberen Holm. Beim Absprung landet sie nach einem Salto aufrecht und mit geradem Rücken auf einer Matte. Ein Mädchen turnt die gleichen Übungen, schließt die Serie auch mit einem Salto. Golo klatscht. Die Kunstturnerin vertraut ihm an: „Lang wird es nicht mehr dauern, bis die Tochter mich überflügelt. Schon jetzt stoße ich an meine Grenzen, wenn ich ihr die Übung vorzeige. Bald werden wir besprechen, was sie in der Folge umsetzt.'

- „Wie auch immer", entgegnet Golo, „ich bin beeindruckt von eurem Turnen."

Beim Platz findet Golo einen Wegweiser, der den Höhenweg über einen Pass anzeigt. Mit vielen Kehren steigt er steil an. Flockenblumen wachsen im Südhang, gut besucht von Schmetterlingen. Auf halber Höhe bei einem Berghaus fragt eine Frau: „Kann meine Tochter mit dir kommen? Mein Mann hat auf der Passhöhe zu tun, erwartet uns. Leider kann ich nicht gut weg. Mein Baby ist eingeschlafen, und ich möchte es nicht wecken."

Das Mädchen hat die Schuhe bereits angezogen, blickt Golo unternehmungslustig an. „Ich gehe gern mit dir."

Er wendet sich ihm zu. „Dann kannst du mir den Weg zeigen." Vergnügt lässt er es vorauseilen. Bei jeder Kehre wartet es. „Ich könnte sogar noch schneller laufen, wenn ich möchte."

Golo behält seinen ruhigen Wanderschritt bei. „Ich bin froh, dass du auf mich wartest."

Auf der Passhöhe erzählt das Mädchen dem Vater: „Ich habe ihm den Weg gezeigt, musste immer innehalten."

Er wundert sich: „Sonst hast du doch eher Mühe beim Aufstieg."

Golo bietet folgende Erklärung: „Es macht Spaß, immer eine Kehre voraus zu sein."

Der Vater dankt ihm für das gute Geleit. Während seine

Tochter ihn ins Gespräch zieht, schaut sich Golo die Aussicht an. Wie erstarrte grüne Riesenwellen erheben sich die Waldberge. Von der Passhöhe gelangt Golo auf einen Weg, der den Waldrand entlanggeht und in den Südhang führt, wo unzählige Grillen zirpen. Ein Reh äst, blickt Golo lange an, ohne zu fliehen. Ruhig geht er am ihm vorbei, hat für einen kurzen Moment das Gefühl, als könnte er in seinem Auge einen Spiegel der Wiese und des Wanderers sehen.

Die Liste

Beim Bahnhof gelangt Golo vor einen Automaten. Ein Mann tritt an ihn heran. „Wählst du eine Süßigkeit oder ein Getränk?"

Golo überfliegt die Auslage. „Warum fragst du?"

- „Ich bin in einem jungen Team, das Automaten mit einer Süßigkeit und einem Getränk beliefert. Jetzt zieht sich die Automatenfirma zurück und wir überlegen uns, ob wir eigene Automaten aufstellen sollen. Da nimmt mich natürlich wunder, was in den Menschen vorgeht, wenn sie vor dem Automaten stehen."

- „Vielleicht wäre es von Vorteil, fleißige Automatennutzer zu befragen", rät Golo, „oder ihr macht euch die Erfahrungen der Firma zunutze."

Der Mann spreizt die Beine. „Das läuft alles", erwidert er, „aber manchmal kommt man im direkten Gespräch auf eine neue Idee."

Golo schreitet durch die Bahnhofhalle, sieht ein Rednerpult. Eine Frau fragt ihn: „Möchtest du eine Rede halten?"

- „Hier beim Bahnhof wird wohl kaum jemand Zeit finden zuzuhören", vermutet Golo.

Sie widerspricht: „Es gibt Leute, die auf den Zug warten. Sie sind unter Umständen für eine interessante Rede zu gewinnen."

Er stellt sich ans Rednerpult. „Nun gut, ich will mein Glück versuchen." Laut wendet er sich an die Menge, die mit

Rollkoffern, Taschen und Rucksäcken unterwegs zu den Gleisen sind. „Liebe Reisende, ich wünsche euch eine gute Fahrt und Ankunft."

- „Danke", ruft ein Mann.

Ein Junge mit einem Basketball kommt vors Rednerpult. „Begleitest du mich? Ich habe ein wichtiges Spiel vor mir." Golo verlässt das Rednerpult, geht mit ihm. „Warum ist es nicht nur einfach ein Spiel?"

- „Heute kommt ein Talentjäger zuschauen", berichtet der Junge, „wenn es mir gelingt, möglichst viele Punkte zu gewinnen, so komme ich vielleicht in die Juniorenauswahl." Vom Bahnhof führt eine Allee zu den Basketballplätzen. Der Junge und Golo gehen durch die Licht- und Schattenflecken zu einem großen Freiplatz. Während sich der Junge in seine Mannschaft einreiht, begibt sich Golo zur Trbüne. Ein Mann steht dort, fragt Golo: „Kennst du den Jungen?"

- „Ich habe ihn am Bahnhof getroffen", antwortet Golo, „offenbar kommt heute ein Talentjäger. Darum bat er mich, ihn zu begleiten."

Der Mann stellt sich vor. „Der Talentjäger bin ich." Er lenkt seinen Blick auf den Spielplatz, wo sich die Spieler aufstellen, und einer der beiden Schiedsrichter das Spiel anpfeift. Schon bald kommt der Junge an den Ball, trippelt sich durch und wirft ihn in den Korb. Aufmerksam verfolgt der Talentjäger das Spiel. Nachdem der Junge den Ball mehrmals eingeworfen hat, erkundigt sich Golo: „Nimmst du ihn in die Auswahl?"

- „Das versteht sich von selbst", erwidert der Jäger, „ihn und keinen anderen muss ich dort haben."

Nach dem Spiel jubelt die Mannschaft des Jungen und umarmt ihn. Er läuft zur Tribüne. „Wie war ich?"

- „Ausgezeichnet", lobt der Jäger, „deine Treffer haben die Mannschaft zum Sieg geführt."

Er schlägt die Lider nieder. „Komme ich in die Auswahl?"

- „Soviel ist gewiss", versichert der Jäger.

Der Junge macht einen Luftsprung, rennt zum Trainer und zur Mannschaft.

Golo dankt dem Jäger: „Du hast dich schnell entschlossen."

Er hebt den Kopf. „Das ist doch selbstverständlich, wenn es eindeutig ist."

Golo verlässt die Tribüne, lenkt seine Schritte zur Innenstadt. In einem Park unter den Bäumen ist eine Bühne aufgestellt. Paare mit Nummern am Rücken tanzen zur Musik einer fünfköpfigen Band, die im Seitentrakt der Bühne spielt. Die Frauen tragen Kleider mit einem bauschigen Rock, die Männer enganliegende Anzüge. Obwohl sich die Paare sehr schnell bewegen und drehen, sind ihre Bewegungen fein aufeinander abgestimmt. Die Mitglieder der Jury sitzen leicht vorgebeugt und verfolgen sie aufmerksam. Golo mischt sich unters Publikum. Nach dem Tanz berät sich die Jury. Ein Mitglied tritt auf die Bühne, ruft die Sieger aus. Ein junges Paar steigt auf die Bühne, die Frau im mohnroten Kleid. Das Jurymitglied überreicht ihnen einen Blumenstrauß und einen Preis in einem Umschlag. Eine hilfreiche Assistentin übernimmt die Gaben, denn nun tanzt das Paar unter lautem Applaus des Publikums eine Ehrenrunde und zeigt, dass es den Preis verdient hat. Die Frau wirbelt um den Mann herum. Dann springt er hoch und dreht sich um die eigene Achse. Sie reichen sich die Hand, treten an die Rampe und nehmen mit einer Verbeugung den Beifall entgegen. Mit nicht enden wollendem Klatschen verlangt das Publikum eine Zugabe und kann sich nochmals an der Bewegungskunst des Paars erfreuen. Mit aufrechtem Gang, gerade gerecktem Rücken steigt das Paar von der Bühne, schreitet durchs Publikum zu einer freien Bank in der offenen Festwirtschaft. Die Tänzerin sagt zu Golo: „Setz dich doch zu uns und feiere mit uns."

Golo nimmt an ihrer Seite Platz. „Ich gratuliere. Wenn ihr tanzt, sieht es aus, als würdet ihr die Schwerkraft überwinden." Der Tänzer dankt für das Kompliment. Er bestellt Sekt und auf Golos Wunsch ein Glas Mineralwasser. Am Nachbartisch ist eine Gesellschaft am Lachen. Ein Mann imitiert auf groteske Art die Stimme eines Sprechers, was heftiges Gelächter auslöst.

„Allerdings", wendet eine Frau ein, „richtig lustig und humorvoll ist es erst dann, wenn wir über uns selbst lachen können."

Der Tänzer fragt: „Tanzt du auch?"

- „Gelegentlich", erwidert Golo, „und auf meine eigene Weise."

Die Tänzerin fasst ihn ins Auge: „Das musst du uns zeigen. Überhaupt solltest du keine Gelegenheit zum Tanzen versäumen."

Golo sagt: „Du hast recht. Es ist anregend, sich zur Musik zu bewegen." Er trinkt das Mineralwasser aus, wählt eine Straße, die ihn aus der Stadt hinausführt. Im offenen Feld zweigt ein Weg ab, der einer Bergflanke zustrebt. Ein Mann kommt ihm entgegen, trägt Schaufel, Spaten und

Pickel bei sich. „Ich mache mir Sorgen um die Füchse. Meine Idee ist, Erdbauten anzulegen, wo sie und ihre Jungen Unterschlupf finden können."

Golo wundert sich. „Ich sehe in der Gegend häufig Füchse, auch Jungtiere."

Eine Frau gesellt sich zu ihnen. „Besserst du den Weg aus?"

Der Mann teilt ihr seine Sorge mit und fügt bei: „Ich unternehme alles, dass sich die Füchse in unserer Region wieder ausbreiten."

Die Frau bestätigt jedoch Golos Beobachtung. „Füchse leben hier genug. Es hat sogar ganz in der Nähe einen Fuchsbau, den ich euch gern zeige."

Sie gehen auf einem leicht ansteigenden Weg durchs Wiesland, bis sie zum Heckenband stoßen, wo sich bei einem Erdloch ausgegrabene Erde häuft. Jungtiere kommen daraus hervor, tollen herum, balgen an der Sonne.

Der Mann sagt leise, um die kleinen Füchse nicht zu erschrecken: „Der Anblick macht mich glücklich. Nun muss ich doch nicht für Erdbauten sorgen."

Achtsam ziehen sie sich zurück. Die Frau lenkt ihre Schritte zur Stadt. Der Mann bringt sein Werkzeug nach Hause.

Golo entdeckt einen speziellen Pfad. Er ist ins Gras gemäht, führt durch einen Rebberg. „Nur vorwärts", ermuntert ihn ein Rebbauer, „den Pfad habe ich ausgemäht, um Spaziergängern die Kultur des Rebbaus näherzubringen."

Aufmerksam betrachtet Golo die Reben, vor allem eine kunstvoll gebaute Pergola. Über dem Rebberg hört der Pfad nicht auf. Er steigt zu einem Felsen am Waldrand auf. Aus einer Spalte sprudelt eine Quelle. In einer Nische des

Felsens stehen Becher bereit. Golo kostet das Quellwasser. Es prickelt auf der Zunge und im Gaumen. Er folgt dem kleinen Wasserlauf, der über die Steine plätschert. Weiter unten erhält er Zustrom von einem anderen Rinnsal, wächst zu einem kleinen Gießbach an. Von beiden Seiten fließen weitere Seitenstränge in den Bach. Munter murmelt er, rauscht über kleine Steinstufen. Durch ein waldiges Tal kommt er zu einer Brücke. Ein Fahrer mit chiliroter Mütze sitzt auf seinem Motorrad, scheint auf ihn zu gewartet zu haben. „Wenn es dir gelingt, mir die Mütze vom Kopf zu nehmen, bist du Sieger und kannst mir befehlen, wo es langgeht. Wenn ich dir immer wieder entkomme, gewinne ich das Spiel."

Golo steigt auf die Brücke. „Das Spiel hast du, bevor es beginnt, gewonnen. Wie soll ich dich zu Fuß einholen?"

Der Fahrer wirft ihm einen Stadtplan zu. „Laufe den Kreuzungen nach. Es könnte sein, dass ich bei einem Rotlicht anhalten muss. Dann hast du gute Chancen."

Während Golo den Stadtplan studiert, fährt der Fahrer los. „Ich fahre weite Schleifen und wünsche dir viel Glück."

Aus Neugier geht Golo durch die Vorstadt stracks auf die erste Kreuzung zu. Tatsächlich wird der Fahrer dort aufgehalten, schwenkt seine Mütze. „Hoffentlich schaltet die Ampel gleich auf Grün."

Kaum ist Golo zum Greifen nah an ihn herangerückt, leuchtet das grüne Licht, und der Fahrer startet durch. „Das war knapp", ruft er.

Golo sucht auf dem Plan den nächsten Weg zu einer Kreuzung in der Innenstadt, wo der Fahrer das Umschalten der Ampel erwartet. Golo läuft zu ihm. Der Fahrer lacht ihm ins Gesicht. Im letzten Moment wechselt das Signal, und er darf losfahren.

Der Stadtplan verzeichnet in der Nähe eine Kreuzung in der Altstadt. Golo sucht sie auf, trifft den Fahrer. Seine Ampel ist rot. Er neigt den Kopf. „Das kostet mir meine Mütze. Du hast es geschafft. Schnapp sie dir!"

Golo gesteht: „Ich bin gar nicht darauf aus, wollte nur herausfinden, wie weit ich als Fußgänger komme, während du die Schleifen fährst."

- „Sei kein Spielverderber", fordert der Fahrer, reißt sich die Mütze vom Kopf und wirft sie in die Luft.

Eine Frau springt hoch, erhascht sie, setzt sie auf, schwingt sich hinter ihm aufs Motorrad. „Die Ampel ist grün, fahr los!"

Lässig hebt er den Arm, winkt Golo. „So läuft das Spiel! Das nächste Mal nutzt du die Chance." Dann startet er durch.

Golo blickt ihnen nach, quert die Altstadt, betrachtet die Auslage im Schaufenster einer Zeitungsredaktion. Die aktuelle Ausgabe hängt neben vielen Bildern aus. Ein Redaktor tritt vor die Tür. „Du musst unbedingt hereinschauen. Wir räumen das Archiv auf und sind froh um einen Tipp."

Golo steigt mit ihm eine Treppe hoch. Das Archiv befindet sich in einem großen, hellen Raum. Hohe Stapel von Blättern und Bildern ragen vom Tisch fast bis zur Decke hoch. Eine Redaktorin wendet sich an Golo. „Das sind alles Artikel mit zu viel persönlichem Inhalt. Wir haben sie nie veröffentlicht, aber aufbewahrt. Nun sind die Stapel zu hoch geworden."

Golo schaut sich im Raum um. „Ihr habt viele leere Gestelle. Wie steht es mit den Schränken?"

Der Redaktor öffnet sie. „Sie sind auch leer."

Golo schlägt vor. „Dann würde ich an eurer Stelle die Blätter und Bilder nach Themen sortieren und einlagern, dass ihr ihnen jederzeit Anregungen entnehmen könnt."

Die beiden Zeitungsleute danken ihm. „Deine Empfehlung ist hilfreich", sagt die Redaktorin und legt gleich eine Liste der Themen an. Golo guckt zu, wie sie beginnen. Dann wünscht er ihnen gutes Gelingen und verlässt die Redaktion.

Die lange Wanderung

Vom Waldrand zweigt ein Weg zu einem Haus ab, das an einen Felsen gebaut ist. Als Golo am Garten vorüberspaziert, spricht ihn ein Mann an: „Unser Sohn hat einen wiederkehrenden Traum. Er sagt uns, wo wir die Wand durchbohren müssen, um an einen Schatz zu gelangen."

Golo folgt ihm ins Haus. Der Junge geht in die Küche und zeigt die Stelle, von der er träumt. „Dahinter ist ein Schatz." Seine Mutter fügt bei: „Davon redet er die ganze Zeit."

Golo klopft an die Wand. „Es klingt tatsächlich hohl, als wäre hier zwischen dem Felsen und dem Haus Raum ausgespart."

Schließlich lässt es dem Vater keine Ruhe. Er holt aus dem Werkzeugschuppen Hammer und Meißel. Zu seiner Überraschung ist die Wand dünner als gedacht. Im Loch, das er herausmeißelt, erscheint ein Hohlraum. Er vergrößert das Loch, zündet mit der Lampe hinein und sieht eine goldene Vase. „Dein Traum hat dich nicht getäuscht", sagt er zum Jungen, zieht die Vase heraus. „sicher ist sie sehr wertvoll." Bis zum Rand ist sie mit Goldmünzen gefüllt. Er stellt die Vase auf den Tisch, leuchtet den Hohlraum aus. „Mehr ist hier nicht drin, aber was wir gefunden haben, übertrifft alle Erwartungen."

Die Mutter kippt die Goldmünzen aus der Vase auf den Tisch. Der Junge beginnt sie zu zählen. Golo sagt: „Es hat sich gelohnt, auf den Traum des Jungen zu achten."

Er kehrt auf den Weg zurück, der ihn weiter hinaus ins Grasland führt. Kühe weiden, betrachten ihn aus großen, dunklen Augen. Ruhig, ohne zu drängeln, folgt ihm ein Teil der Herde. Er begegnet einer Frau. Sie meint: „Du wärst bestimmt ein guter Hirt." Sie kennt ein Restaurant in der Nähe. „Dort wirten Bekannte von mir. Wollen wir einkehren?"

Das Restaurant befindet sich in einem ehemaligen Bauernhof. Die Scheune ist zum großen Saal ausgebaut. Unter den Linden auf dem Vorplatz sind Gartentische aufgestellt. Die Frau und Golo nehmen Platz. Mit einer fast hüpfenden Gangart kommt der Wirt aus dem Haus, begrüßt sie. Es freut ihn, dass seine Bekannte Golo hergeführt hat. Auf seine Empfehlung bestellen sie Lindenblütentee. „Er ist sozusagen frisch vom Baum", betont der Wirt, als er ihn serviert. Die Frau fragt Golo: „Wie gefällt dir das Restaurant?"

Er lehnt behaglich zurück, genießt den Tee. „Es sitzt sich hier sehr angenehm unter den Lindenbäumen."

- „Was hast du weiter vor?" erkundigt sie sich.

„Ich möchte das Grasland und seine Umgebung erkunden", teilt er mit. Nachdem er den Tee getrunken hat, setzt er seinen Weg fort.

Kaum hat der Weg eine weite Blumenwiese durchquert, mündet er in eine schmale Straße, die ein Wohnquartier erschließt. Ein Mann liegt mit seiner kleinen Tochter auf dem Liegestuhl und liest ihr aus einem Bilderbuch vor. Als Golo vorübergeht, unterbricht er die Lektüre und sagt: „Es ist eigenartig. Oft, wenn wir möchten, dass unsere Tochter mittags etwas schläft, und ich ihr aus dem Buch vorlese, nicke ich eher ein als sie." Er zeigt Golo das Buch. „An den Geschichten kann es nicht liegen. Sie sind spannend erzählt."

Das Mädchen berichtet: „Ein Affenjunge zupft ein Löwenmädchen am Ohr. Es möchte, dass er es nie mehr macht und sich entschuldigt. Ihn anbrüllen oder beißen mag es aber nicht."

- „Wie geht das Löwenmädchen vor?" fragt Golo.

Der Mann blättert im Buch. „Das steht auf den folgenden Seiten."

Golo kehrt auf die Straße zurück. „Ich wünsche euch viel Freude beim Erleben der Geschichte."

Häuser mit gepflegten Gärten säumen die Straße, die zum Bahnhof führt. Ein Zug fährt ein. Die Lokomotivführerin steigt aus dem Zug. „Heute habe ich alte Wagen angehängt. Du kannst mit offenem Fenster fahren."

Golo betritt einen Wagen, öffnet das Fenster. Die Führerin setzt sich wieder in die Führerkabine, lässt den Zug anrollen. In den Wagen strömt angenehme Frischluft. Golo betrachtet die Landschaft, die vorüberzieht. Weiche Hügelzüge wechseln mit hohen Waldbergen, Wiesland mit Wald. Eine Frau schiebt einen Kinderwagen ins Abteil. Das Kind weint. „Sag etwas zu ihm. Manchmal, wenn es eine fremde Stimme hört, beruhigt es sich sofort."

Golo beugt sich über das Kind. „Was können wir für dich tun?"

Es betrachtet ihn aus staunenden Augen und wird still.

„Das hast du gut gemacht", lobt die Frau, „woher beziehst du diese Ruhe? Es hat dir gar nichts ausgemacht, dass mein Kind weinte."

- „Ich wollte genau hinhören, um es zu verstehen", erklärt Golo. Bei der nächsten Station steigt er aus. Sie liegt direkt an einem See. Mit dem spiegelnden Wasser spielt der Wind. Wellensterne blitzen. Golo lässt den Blick über die schimmernde Oberfläche schweifen. Ein Mann tritt unter einem Sonnenschirm hervor. „Brauchst du Badehosen?" Er weist auf einen Gartentisch mit einer Auslage von Badehosen und Badetüchern. „Du kannst dich einfach bedienen."

Golo zieht sich um, läuft über den weichen Sand ins Wasser hinaus, taucht mit einem Hechtsprung ein, schwimmt mit ruhigen Zügen. Er legt sich auf den Rücken, lässt sich von den Wellen heben, senken, leicht schaukeln. Dann schwimmt er ans Ufer zurück, trocknet sich ab. „Was kann ich für dich tun?" fragt er den Mann, „du hast mir das Badezeug geliehen."

Der Mann hebt die Arme. „Alles ist gut. Ich bin froh, wenn es benutzt wird."

Golo legt seine Kleider wieder an, während der Mann die Badesachen zum Trocknen ins Gestänge des Sonnenschirms hängt.

Beim Weitergehen am Seeufer entdeckt Golo ein seltenes Gras. Eine Frau ermuntert ihn: „Du könntest davon Samen sammeln. Lass die Rispe durch Zeige- und Mittelfinger streifen." Sie führt es ihm gleich vor und reicht Golo einen Stoffsack. „Lege die Samen hier hinein."

Golo bückt sich, lässt die Rispen durch die Finger gleiten und erntet die Samen, legt sie in den Sack. Die Frau sagt: „Du kannst den Stoffsack behalten oder weiter verschenken. Ich brauche ihn nicht mehr."

Nachdem Golo ein Häufchen Samen gesammelt hat, folgt er dem Uferweg und gelangt zu einem Haus mit einem etwas verwilderten Garten. Ein Mann zeigt ihm ein langes Stück Erde. „Hier wurde eine neue Leitung gelegt. Das würde ich gern wieder bewachsen lassen."

Golo beschreibt ihm das Gras, das er gefunden hat. „Es hat lange Halme und eine pfeilartige Rispe." Er bietet ihm den Sack an.

Der Mann sät die Samen sofort aus, holt eine Gießkanne. „Es freut mich, wenn es bald sprießt."

Zurück auf dem Uferweg, hört Golo nur Grillen und Wellen. Vom dunkelsten Blauton bis zum feurigen Smaragdgrün spielen die Farben des Sees. Golo kommt zu einem kleinen Park mit einem Spielplatz. An einem Steintisch sitzt ein Junge und schreibt. Er winkt Golo, gibt ihm den Aufsatz zu lesen, den er soeben entworfen hat. Darin beschreibt er, wie er zum ersten Mal allein in einem Ruderboot in den See hinausfährt, dann umkehrt und das Boot mit dem richtigen Knoten beim Landesteg vertäut.

„Das hast du sehr eindrücklich beschrieben", lobt Golo, „beim Lesen hatte ich das Gefühl, mit dir im Boot zu sitzen." Er reicht ihm das Blatt, wandert am Ufer weiter, bis er zu einem Turmhaus kommt. Es ragt über die Bäume hinaus, hat jedoch einen schmalen Grundriss. Eine Frau steht davor und lädt ihn ein: „Komm herein. Ich zeige dir gern unsere virtuelle Galerie."

Golo tritt ein. An den Wänden hängen große Bildschirme, worauf laufend neue Bilder entstehen. Die Farben fließen, gehen ineinander über. Er geht von Bildschirm zu Bildschirm, lässt das Spiel von Farbe und Form auf sich wirken. Es ist ziemlich warm in den Räumen. Die Frau bietet ihm ein Glas mit kühlem Wasser an. „Was sagst du zu den Bildern? Würdest du eines bei dir zu Hause aufhängen?"

Golo sagt: „Die Bilder gehören alle zusammen. Ich kann mir nur schwer vorstellen, eines herauszunehmen. Ich hätte dann immer das Gefühl, es sei aus einem übergeordneten Zusammenhang gerissen." Er trinkt das Glas aus, verlässt die Galerie. Beim Uferweg steht ein Briefkasten. Ein Mann ist daran, die Post herauszunehmen. „Bist du in der Ausstellung gewesen?"

- „Ich komme gerade davon", berichtet Golo.

Der Mann erkundigt sich: „Hast du ein Bild für dich reservieren lassen?"

Golo geht um den Briefkasten herum, lenkt die Schritte auf den Uferweg. „So weit ist es bei der ersten Durchsicht nicht gekommen."

- „Heißt das, du wirst uns immer wieder besuchen, bis du dich für ein Bild entscheiden kannst?" fragt der Mann weiter.

„Wenn ich ein Bild suche, schaue ich gewiss wieder bei euch herein", antwortet Golo und wendet sich zum Gehen.

„Ohne Reservation können wir nichts für dich tun", mahnt der Mann, „vielleicht ist dann gerade das Bild verkauft, das dir besonders gut gefiel."

- „Damit muss ich leben", anerkennt Golo.

Vom Uferweg zweigt ein Weg in die Wildnis ab. Am Rand wuchern Brombeerranken. Golo dringt vor, klettert über Wurzeln, duckt sich unter Ästen durch, bis er vor einen silbern glänzenden Würfel gelangt. Er hat die Größe eines Einfamilienhauses. Eine Außerirdische stößt die Luke auf, kommt heraus und sieht sich um. „Erst wollte ich auf dem Mond landen, um deinen Planeten in Ruhe und aus einiger Entfernung anzusehen. Doch dann nahm mich wunder, wie es den Lebewesen ergeht, die auf der Erde leben."

- „Sieh dich um", empfiehlt Golo, „und rede mit den Menschen. Du lernst auch viel, wenn du die Tiere beobachtest und die Lebensgemeinschaften mit den Pflanzen studierst."

- „Dann will ich gleich mit dir den Anfang machen", sagt die Außerirdische, „was ist wichtig für dich?"

- „Ich erkunde gern die Landschaft", erwidert er.

Sie blickt sich um. „Ist es auf der Erde überall so wild verwachsen?"

Golo weist auf den Weg. „Er führt dich aus der Wildnis heraus. Dann entdeckst du viele verschiedene Gebiete."

Die Außerirdische macht sich auf den Weg, während Golo um den Würfel herumgeht und tiefer in die Wildnis dringt. Er weicht einem Gestrüpp aus, das wie eine grüne Wand den Weg versperrt, klettert über einen umgestürzten Baum und erreicht den Rand der Wildnis, wo sich die Weite des Wieslands auftut. Ein Mädchen sitzt auf der Wurzel unter einem Baum und hat ein Buch aufgeschlagen. Es ist ganz überrascht, dass jemand aus der Wildnis kommt. „Hast du den eingewachsenen Pfad gefunden?'

- „Ich konnte ihn gerade noch erkennen", sagt Golo.

Das Mädchen zeigt ihm das Buch. „In meinem Lesebuch stehen Geschichten und Gedichte."

- „Was liest du gerade?" erkundigt er sich.

„Es ist die Geschichte von einem scheuen Reh. Es flieht immer, bis es lernt, dass ein Mädchen, das auf dem

Weg zur Schule durch den Wald geht, keine Gefahr ist. So kommen sich das Mädchen und das Reh näher. Am Anfang erschrecken sie beide, weil das Reh plötzlich aus dem knackenden Unterholz schießt und das Mädchen erst im letzten Moment sieht."

Golo schaut ins Lesebuch, lässt sich noch andere Geschichten zeigen. Dann wandert er weiter. Das Wiesland erstreckt sich zu einem Berg. Beim Anstieg kommt ihm ein Mann entgegen. „Bist du auf einer kurzen oder einer langen Wanderung?"

Golo lässt den Blick über den Berg schweifen. „Es ist eine lange Wanderung." Mit ruhigen Schritten steigt er bergan.

Der Flügelschlag des Schmetterlings

Durch ein Stadttor, das 2 Türme flankieren, gelangt Golo in die Altstadt. Er flaniert durch die Gasse, begegnet einer Frau. „In der Stadt sind große Entwicklungen im Gange. Wenn du eine Stelle suchst, ist jetzt eine günstige Gelegenheit. Viele Stellen sind offen."

Golo betrachtet die farbenfrohen Giebelhäuser. Die Türen neben den Schaufenstern stehen offen. „Gern sehe ich mich in deiner Stadt um."

Er spaziert weiter. An einer Mauer ist ein Arbeiter mit dem Verputz beschäftigt. „Ich suche noch einen Mitarbeiter. Hast du Lust am Mauern? Dann würde ich dich gern einstellen."

- „Das ist sehr freundlich", sagt Golo. „ich werde es mir überlegen. Suche aber in der Zwischenzeit weiter, damit du allenfalls nicht vergeblich auf meine Antwort gewartet hast." Er folgt einer Straße im Kernbereich der Altstadt, bis er zu einer Galerie kommt. Ein Mann steht in der offenen Tür. „In der Ausstellung hängt ein Bild von mir. Der Maler hat mich porträtiert. Zum Glück ist es noch nicht verkauft. So kann ich weiterhin prüfen, ob ich es erwerben möchte. Willst du es dir einmal ansehen?"

Golo folgt ihm in die Galerie. An den Wänden hängen lauter Porträts. Die Galeristin geht auf den Mann zu. „Bist du bereits entschlossen oder brauchst du noch etwas Zeit?"

Der Mann stellt sich unter das Bild. „Ich habe mich noch

nicht entscheiden können." Er wendet sich an Golo. „Was sagst du?"

Golo lässt den Blick zwischen dem Bild und dem Mann hin- und herwandern. „Wie ist es zu dem Bild gekommen?" - „An einem Tag bat mich der Maler in sein Atelier und fragte mich, ob er mich malen dürfe. Ich sagte ja, saß ihm Modell und fand mein Bild plötzlich in der Ausstellung wieder", erzählt der Mann.

„An deiner Stelle würde ich zu Hause in jeden Raum gehen und mir vorstellen, wo das Bild hängen könnte", rät Golo.

Die Galeristin fügt bei: „Wenn du einmal einen Platz gefunden hast, wirst du es nicht mehr missen wollen."

Zwischen ihnen entspannt sich ein lebhaftes Gespräch über das Hängen der Bilder. Golo verabschiedet sich diskret, ohne sie zu stören, verlässt die Galerie, wandert zum Stadtrand. In einem Solarmobil fährt ein Mann vor, parkt neben dem Gehsteig und öffnet den Wagen. „Ich habe ein Kühlfach, das meine Getränke kühl und frisch hält." Er nimmt ein Fläschchen heraus. „Hast du Durst?"

- „Im Moment nicht", sagt Golo.

Der Mann setzt das Fläschchen an, leert es in einem Zug. „Bei der Wärme kann man nie genug trinken", mahnt er an.

Golo lenkt seine Schritte auf ein Bergsträßchen, gerät vor ein Schloss mit einem hohen, runden Turm. Eine Frau kommt aus einer der zahlreichen Türen. „Weißt du, wo das Klavier sein könnte? Ich spielte vor dem Hauptgebäude."

Golo sieht eine Spur. Sie führt durch den Zierrasen zum wild eingewachsenen Bachbett hinunter. Getarnt von hohen Disteln, steht das Klavier am Bachufer. Vorsichtig tappt Golo an den Disteln vorbei, öffnet den Tastendeckel und spielt eine kurze Improvisation. Die Frau klatscht. 4 Diener eilen herbei, packen das Klavier und tragen es auf den Platz vor dem Hauptgebäude zurück. Ein Diener klappt die Räder ein. „Nun kann es nicht mehr fortrollen." Die Frau geht mit Golo über die große Treppe zum Musikzimmer. Auf einem Tisch sind Cellonoten aufgeschlagen. Golo legt sie auf den Notenständer des Steinway Konzertflügels und improvisiert. Von den Cellonoten lässt er sich zu einem Klavierstück inspirieren. Nachdem der letzte Akkord verklungen ist, sagt die Frau: „Ich werde aus der Improvisation ein Lied machen." Sie setzt sich an einen Tisch, beginnt mit Schreiben. „Was hast du vor?"

- „Ich sehe mir die Umgebung des Schlosses an", erwidert er.

Sie tritt ans Fenster, zeigt ihm einen Weg, der in den Wald hineinführt. „Er ist nahezu ein Urwald. Den musst du dir unbedingt anschauen gehen."

Golo dankt ihr für den Tipp, tritt aus dem Schloss heraus, schlägt den Weg ein, der vom Turm in den Wald führt. Baumriesen entfalten ihre weiten Kronen, lassen Golo winzig klein erscheinen. In einer Lichtung ist ein Mann am Sägen. Er hat einen Sägebock und einen Handwagen. „Ich sammle Astholz."

Golo schaut sich um. Von der Lichtung aus erschließen zahlreiche Wege und Pfade den Wald. „Hast du dich noch nie verlaufen?"

- „Es kann nichts passieren", versichert der Mann, „du musst nur immer auf den Wegen bleiben. Sie bringen dich alle aus dem Wald hinaus."

Das hohe Blätterdach, durch das nur wenig Licht einfällt, begeistert Golo. Der Mann empfiehlt ihm einen Weg, wo er mehrere dickstämmige Eichen finden wird. Äste und Zweige von Sträuchern ragen in den Weg, erschweren das Durchkommen und die Sicht. Golo biegt sie sacht zurück, lässt es sich nicht nehmen, zu den Eichen vorzudringen, bewundert ihre gigantischen Wurzeln und Kronen. Dahinter senkt sich der Weg bergab, schlängelt sich um die Bäume zum Waldrand, wo er sich verzweigt. Golo wählt den Wiesenpfad, der zu einem zartrosa gestrichenem Haus hinunterführt. Hellgraue Ornamente verzieren den Türrahmen. Durchs offene Fenster klingt ein Klavier. Plötzlich hört es auf zu spielen, und ein Mädchen beugt sich über den Fenstersims. „Ich bin am Komponieren."

Golo tritt näher. „Was komponierst du?"

- „Ein Klavierstück", sagt es.

Die Tür geht auf. Die Mutter des Mädchens kommt zu Golo. „Interessierst du dich für Kompositionen?"

Golo wendet den Kopf. „Jeder Mensch komponiert anders. Dabei entdecke ich immer neue Ideen."

Rasch läuft das Mädchen zum Klavier, nimmt die Blätter, legt sie auf den Sims. „Gefällt dir das Stück?"

Golo betrachtet die zierlich gemalten Noten. In seinem Kopf hört er das Stück. „Du komponierst sehr melodiös."

Das Mädchen klettert auf den Sims. „Es fehlt nur noch der Schluss."

Er gibt ihr die Noten zurück. „Spielst du das Stück?"

Das Mädchen springt vom Sims. „Du kannst reinkommen oder am Fenster hören, was du lieber machst."

Golo reicht ihm die Noten. „Ich bin gern im Freien."

Mit Schwung hüpft es zum Klavierstuhl, lässt die Komposition ertönen. Angeregt von der Musik, pfeifen und trällern die Vögel in den Bäumen lauter. Den Schluss erfindet das Mädchen ohne Noten. Die Mutter und Golo klatschen.

„So sollte die Komposition ausklingen", empfiehlt er.

Sofort beginnt das Mädchen mit Schreiben. Die Mutter fragt Golo: „Darf ich dir einen Tee anbieten?"

- „Gern ein andermal", sagt er, „jetzt sehe ich mir die Umgebung des Urwalds an."

Bedächtig schreitet er den Wiesenhang hinunter. Die Musik des Mädchens scheint im Zirpen der Grillen weiterzuklingen. Am Wegrand ragt eine kalkweiße Wand auf. Ein Mann guckt hinter ihr hervor, hat einen großen Stift in der Hand. „Kannst du einen Satz an die Wand schreiben?"

- „Wenn es nichts weiter ist", meint Golo, „kann ich es schon versuchen."

Er nimmt den Stift und schreibt: „Den Urwald umgibt eine Blumenwiese."

Der Mann zückt einen Rotstift, streicht Golos Satz durch. „Es sollte heißen: Am Rand des Urwalds blüht eine Blumenwiese."

- „Du hast recht", lenkt Golo ein, „so hätte ich den Satz auch schreiben können."

Der Mann schreibt seine Fassung mit dem Rotstift. „So musst du ihn schreiben", betont er, „du hast ja noch gar nicht die ganze Umgebung des Urwalds erforscht."

Golo gibt ihm den Stift zurück. „Aber ich bin daran." Vergnügt wandert er weiter. „Ich lerne stets dazu." In der Nähe eines Gartens kommt er zu einem großen Bett. Es ist mit einem weißen Tuch bezogen und steht im Schatten eines weitkronigen Apfelbaums mit tiefhängenden Ästen. „Möchtest du dich hinlegen und ein bisschen ausruhen?" fragt eine Frau.

Golo dankt für das Angebot. „Hier lässt sich gut relaxen." Er zieht die Sandalen aus, streckt sich auf dem Bett aus, schließt die Augen. Sogleich ziehen ihn innere Bilder in Bann. Er sieht sich durch einen Obstgarten mit weitkronigen Apfelbäumen spazieren. Die Äpfel sind reif, leuchten rot aus den Zweigen. Während er sich den Bildern hingibt, klettert ein Mädchen in den Wipfel des Apfelbaums. Bei einem Ast rutscht seine Hand ab. Es kann sich nicht mehr halten, plumpst aufs Bett neben Golo. Die Matratze federt. Er wird hochgehoben, öffnet die Augen. „Bist du gut gelandet?"

Das Mädchen springt von der Matratze. „Ich wollte nicht stören."

Die Frau schmunzelt hinter vorgehaltener Hand. „Das sollte natürlich nicht passieren."

Das Mädchen steigt gleich wieder in den Wipfel. „Schaut! Ich kann wirklich gut klettern."

Golo richtet sich auf. „Trag dir Sorge."

Die Mutter rät: „Wähle einen anderen Baum aus! Das Bett ist zum Ausruhen gedacht."

Rasch kommt Golo auf die Beine. „Ich bin schon erholt." Er zieht die Sandalen an, folgt dem Weg, der um den Garten herumführt und einen ausgedehnten Wiesenhang durchquert. Ein Mann kommt ihm entgegen. Er trägt einen Koffer. „Ich würde ihn gern öffnen, und dir zeigen, was er enthält."

- „Nur zu", sagt Golo, „ich bin gespannt."

Der Mann legt den Koffer auf den Weg, klappt den Deckel auf. Zum Vorschein kommen Laufschuhe, Läufershorts und ein Läufershirt. „Wenn du diese Sachen trägst, wirst du staunen, wie schnell du vorankommst."

- „Einmal ausprobieren kann gewiss nichts schaden", findet Golo, streift seine Sachen ab und schlüpft in die Läuferkleidung. Zuletzt zieht er die Laufschuhe an, rennt los. Die hohen Gräser und Blumen fliegen an ihm vorbei. Aufgescheuchte Schmetterlinge flattern. Am Ende der Wiese kehrt er um, läuft die Strecke zurück. „Du hast recht", anerkennt er, „ich bin wirklich sehr geschwind in diesen Sachen."

Bevor der Mann etwas dagegen einwenden kann, hat sich Golo schon wieder stracks umgezogen. „Auf Dauer ist mir in den eigenen Kleidern wohler, auch mit dem ruhigen Wanderschritt."

Der Mann versorgt die Läufersachen im Koffer. „Hauptsache, du hast sie ausprobiert."

Golo geht ruhig zum Ende des Wiesenwegs. Auf dem Platz vor einer Turnhalle sind Kinder am Turnen, rennen im Schwarm durcheinander, bewegen die Arme auf und ab. Sie spielen den Flügelschlag des Schmetterlings.

Auf dem See

Unterwegs in einer Landschaft mit hohen, ausladenden Heckenbändern trifft Golo einen Jungen. Er trägt eine Mütze mit dem Aufdruck „Heckenland", trägt einen Rucksack voller Prospekte. „Darf ich dir einen Prospekt geben? Er vermittelt dir alles Wissenswerte über die Hecken."

Golo betrachtet das Faltblatt. „Ich bin im Moment am Erkunden der Landschaft, habe kein Gepäck und keinen Rucksack. Da weiß ich gar nicht, was ich mit dem Prospekt anfangen soll."

- „Du musst ihn einfach nur lesen", sagt der Junge und weist auf eine Bank am Wegesrand.

Golo setzt sich und studiert den Prospekt. „Die Hecke gibt Tieren einen Lebensraum und begünstigt die Artenvielfalt", fasst er zusammen.

„Du hast es begriffen", lobt ihn der Junge, nimmt ihm den Prospekt aus der Hand und geht weiter.

Golo blickt ihm nach, bis er hinter einer Wegbiegung um eine Hecke verschwindet. Mit neuen Augen sieht er die Sträucher und Blumen an. Auf einer Anhöhe begegnet er einem Mädchen und einer Frau. Sie fragt ihn: „Gibst du mir deine Stimme?"

- „Meine Stimme", wundert sich Golo, „wie soll das gehen?" Sie erklärt: „Ich bin Politikerin, bin auf jede Stimme angewiesen. Ich bin beliebt und erfolgreich, kann meine Anliegen gut vertreten."

Er vermutet: „Bestimmt leistest du einen großen Einsatz."

Sie deutet auf das Mädchen, das sich an ihre Seite schmiegt. „Das ist meine Tochter."

Das Mädchen löst sich von ihr, stellt sich aufrecht hin. „2 Frauen schauen für mich, wenn die Mutter nicht da ist", berichtet es, „ich bin nie allein."

- „Ohne sie könnte ich es nicht machen", ergänzt die Frau.

Von der Anhöhe führt ein Bergweg in weit ausholenden Schleifen den Hang hinauf, wo er eine schmale Straße kreuzt. Als Golo dort anlangt, fährt ein Solarmobil heran. Den Wagen lenkt eine Frau. Neben ihr sitzt ein Mann. Sie hält an, lässt die Scheibe herunter. „Bist du von hier? Ich kandidiere für das Amt als Präsidentin."

Der Beifahrer beugt sich vor. „Ich gebe ihr meine Stimme. Und du?"

Golo berichtet: „Soeben traf ich eine Frau, die auch meine Stimme wollte."

Die Frau steigt aus, lässt sich kurz beschreiben, wen Golo getroffen hat, und sagt dann: „Du hast dich mit meiner Konkurrentin unterhalten. Wem gibst du die Stimme?"

Er antwortet: „Ich werde emsig umworben."

Sie setzt sich wieder ins Solarmobil. „Ich will dich keinesfalls bedrängen."

Der Mann fügt bei: „Du musst dir selber ein Bild machen. Für mich ist die Wahl jedoch sonnenklar. Und ich weiß auch schon, wie die Wahlen ausgehen."

Die Frau startet den Motor. „Denk am Wahltag an mich." Sie fährt weiter.

Golo überquert die Straße, folgt dem Bergweg, der durch einen Wald zu einer Alp aufsteigt. Er quert mehrere

Felsbänder, bevor der Wald sich lichtet. Die Gräser und Blumen der Bergweide schimmern im Sonnenlicht. Bedächtig wandert Golo zwischen den weidenden Kühen zur Alphütte hinauf, wo er die Hirtin, eine Hebamme und den Hirten trifft. „Wir freuen uns auf die Geburt", sagt die schwangere Hirtin.

Die Hebamme teilt mit: „Am liebsten würde sie hier oben, wo sie sich wohlfühlt, gebären. Darüber müssen wir uns noch ausführlich unterhalten."

Der Hirt gibt zu: „Wir sind zu weit vor der medizinischen Versorgung weg, falls Hilfe benötigt würde."

Die Hirtin schaut Golo an: „Wie denkst du darüber?"

- „Die Alp ist ein schöner Ort. Du kannst nachher noch so viel Zeit hier oben verbringen", sagt Golo, „es lohnt sich, ein Haus mit einem Team aufzusuchen, das eine sanfte Geburt betreut."

- „Dafür werbe ich die ganze Zeit", schließt sich die Hebamme an und zeigt Golo den Prospekt, den sie mitgebracht hat. Sie setzt sich mit der Hirtin auf die Holzbank vor dem Haus. Der Hirt holt eine Kanne Tee mit Gläsern, lädt Golo ein, Platz zu nehmen. Golo gibt jedoch der Hebamme den Prospekt zurück und wünscht alles Gute für eine glückliche Geburt. „Ich möchte noch ein wenig die Umgebung der Alp erkunden." Im Südhang der Bergweide findet er einen kleinen Pfad, der direkt durch den Wald in die Stadt hinunterführt. Vor den ersten Häusern überquert Golo auf einer Brücke die Bahnlinie. Ein breiter Weg säumt die Schiene, bringt Golo zum Bahnhof. Beim Gleis stehen eine hochschwangere Frau und ein Mann. Sie unterhalten sich angeregt. Die Frau spricht Golo an:

„Wir fahren zur kleinen Stadt am Bergfuß. Dort hat es eine Gebärklinik."

- „Ihre Spezialität ist die sanfte Geburt", fügt der Mann bei. Golo sagt: „Ich habe einen Prospekt dieses Hauses gesehen. Es ist für die sanfte Geburt sehr gut eingerichtet. Ich wünsche euch ein glückliches Gelingen."

Das Paar dankt. In diesem Moment fährt der Zug ein. Sie steigen ein, nehmen beim Fenster Platz, winken Golo. Er winkt zurück, verlässt den Bahnhof, lenkt seine Schritte zur Innenstadt, gelangt in einen großen Park. Auf einer Wiese haben sich 6 Gruppen aufgestellt. Ein Mädchen steht in der Mitte, schaut Golo an. „Welcher Gruppe würdest du dich anschließen?"

Golo lässt seinen Blick rundum schweifen. „Es sehen alle Gruppen vertrauenswürdig aus."

Das Mädchen schaut Golo an. „Ich kann nicht mit allen gehen." Es wendet sich der Gruppe zu, deren Mitglieder aus einem asiatischen Land stammen. „Diese Gruppe zieht mich an."

Die Mitglieder strahlen über das ganze Gesicht, umarmen und drücken das Mädchen. Es dreht sich nach Golo um. „Willst du auch mitkommen?"

- „Wohin geht ihr?" erkundigt er sich.

Die Sprecherin der Gruppe sagt: „Wir gehen zum runden Berg über der Stadt."

Golo schließt sich an. Der Weg führt über viele Schleifen zur Höhe. Zuoberst auf dem runden Berg befindet sich ein aufgerichteter Stein. Dort zündet die Sprecherin eine Kerze an, sagt zum Mädchen: „Ich wünsche, dass du glücklich bist." Das Mädchen legt die Hände vor der Brust zusammen, verneigt sich und dankt.

Das nächste Mitglied, das sich zum Wort meldet und eine Kerze anzündet, ist ein Mann. „Ich wünsche, dass dir alles gelingt, was du vorhast." Wiederum bedankt sich das Mädchen mit der Geste und der Verneigung. Nun ist eine Frau an der Reihe. Sie wünscht dem Mädchen, dass es viele Freundinnen und Freunde gewinnt. „Wo immer du hinkommst."

Ein Mann ist das vierte Mitglied. „Ich wünsche dir, dass du offen für die Anliegen anderer Menschen bist."

Die Frau, die als fünftes Mitglied an der Reihe ist, wünscht dem Mädchen, dass alle Menschen, die ihm begegnen, ein offenes Ohr haben.

Der Mann, der die letzte Kerze anzündet, trägt seinen Wunsch fast singend vor: „Ich wünsche dir, dass du für den Reigen des Lebens immer genug Schwung hast."

Das Mädchen bedankt sich. Die Gruppe begleitet das Mädchen zur Wiese im Park zurück, wo seine Mutter wartet. „Hast du die richtige Gruppe ausgesucht?"

- „Ich denke schon", erwidert es, „ich erhielt lauter gute Wünsche."

Die Mutter und das Kind unterhalten sich mit der Gruppe, während Golo durch den Park streift. Vögel singen in den hohen Baumkronen. Vom Sandplatz tönen fröhliche Kinderstimmen. Auf dem Weg, der aus dem Park führt, trifft Golo einen Mann. Er zeigt ihm die alte Stadtmauer. Zwischen den riesigen Steinbrocken gibt es kleine Zwischenräume. „Du meinst, dass hier nur Kinder durchschlüpfen können. Aber wenn du es selber probierst, findest du überraschend eine geeignete Stelle, bei der du es schaffst." Er macht es Golo gleich vor, duckt sich in einen engen Zwischenraum und dringt durch die Mauer. Golo versucht, ihm zu folgen, kommt jedoch nicht durch. Der Mann ermuntert ihn, es an einer anderen Stelle zu versuchen. Golo tastet die Mauer ab. Überall bieten sich Spalten an. Plötzlich sieht er eine Möglichkeit, schmiegt sich an den Stein und kommt durch.

„Habe ich es nicht gesagt!" trumpft der Mann auf, „jeder findet einen Durchschlupf." Er zwängt sich in ein Loch in der Mauer und verschwindet. Golo untersucht die Stelle, kann den Mann jedoch nicht mehr finden.

Er folgt der Stadtmauer, begegnet einer Frau, die ein historisches Kleid anzieht. „Solche Kleider trugen die Frauen früher. Möchtest du dich auch wie im Mittelalter kleiden?" Sie weist auf eine große Kleidertruhe.

Golo erwidert: „Mir gefallen die Kleider, die ich trage."

- „Wenn du es dir anders überlegst, kannst du bei mir vorbeikommen", bietet sie an und zeigt auf ein hohes, turmartiges Giebelhaus, das sich an eine Reihe von Altstadthäusern schmiegt. „Da wohne ich."

Die Auslagen in den Schaufenstern betrachtend, schlendert Golo durch die Altstadt, gerät vor ein schmales Haus, das aus dem Bogen, den die Gasse macht, vorragt. Ein Mann stellt einen runden Gartentisch und Stühle auf den Gehsteig. „Ich erwarte Besuch. Die Frau mag die Tassen mit dem goldenen Rand, der Mann zieht die einfachen vor. Was würdest du an meiner Stelle tun?"

Golo empfiehlt: „Serviere doch den Tee in verschiedenen Tassen, so, wie es den Gästen gefällt."

Der Mann dankt für den Tipp. „Man denkt immer, dass

man in einheitlichem Geschirr servieren müsste. Aber von dieser Vorstellung muss man sich lösen." Er läuft ins Haus, bringt die Tassen. „Eine für dich ist auch dabei. Ich hole noch einen Stuhl."

Golo wehrt ab. „Ich möchte eure Runde nicht stören, trinke ein andermal bei dir Tee."

Der Mann versichert: „Du störst überhaupt nicht." Aber da ist Golo schon weiter, biegt in eine Straße ein, die zum Rathaus führt. Er gelangt vor das Atelier einer Comiczeichnerin. Es ist in einem ehemaligen Laden mit großem Schaufenster eingerichtet. Die Zeichnerin lenkt es nicht ab, wenn man ihr beim Malen zuschaut. Die Tür zum Atelier steht sperrangelweit offen. Golo klopft, tritt ein. „Ist es erlaubt?"

- „Und erwünscht", sagt sie und blickt nur kurz auf. „Die Geschichte, die ich male, handelt von einer Frau. Sie denkt so intensiv an einen Mann, dass er sie die ganze Zeit vor seinem geistigen Auge sieht. Es ist wie bei einem Videoanruf. In der Gedankenwolke sieht er ihr Bild. Als er sie dann auf der Straße trifft, freut er sich, packt die Geige aus und spielt für sie", erzählt sie, während sie den Geigenspieler malt.

Golo dankt ihr, dass sie ihm die Geschichte vorgestellt hat, verlässt das Atelier. In dem Moment fährt ein Motorrad vor. Der Fahrer steigt vom Sattel, schnallt den Geigenkasten vom Gepäckträger ab. „Ist die Zeichnerin da?" fragt er.

Golo weist auf die offene Tür. „Sie hat mir soeben die Geschichte gezeigt."

- „Da bin ich auch gespannt", sagt der Fahrer und eilt ins Atelier.

Die Zeichnerin springt vom Tisch auf, umarmt ihn. Er nimmt die Geige aus dem Kasten, spielt ein feuriges Stück.

Golo lenkt seine Schritte von der Altstadt zum See hinunter. In Ufernähe funkelt das Wasser. Beim Bootssteg steht eine Frau in ihrem Boot, winkt ihm. „Willst du mit mir hinausfahren?"

Golo steigt ein. Sie hisst die Segel. Leicht knattern sie, als der Wind sie aufbläht, und das Boot in Fahrt kommt. Auf dem See holt die Frau die Segel ein, lässt das Boot treiben. Dann schraubt sie eine Kamera auf ein Stativ, stellt sie im Heck auf. „Ich werde dich filmen", kündet sie an.

„Was soll ich spielen?" fragt Golo.

„Du stehst einfach im Boot und blickst auf den See hinaus", sagt sie.

Golo beschattet mit einer Hand die Augen. „Ist es so richtig?"

Sie schaut auf den Bildschirm der Kamera. „So habe ich es mir vorgestellt."

Farbenfroh

Auf dem Weg, der zu einer Anhöhe aufsteigt, kommt Golo ein Mann entgegen. „Ich trete aus allen Ämtern und dem Beruf zurück", erklärt er, „findest du das eine gute Idee?"
- „Das musst du wissen", sagt Golo, „ich bin nicht in deiner Haut."
Der Mann fährt fort: „Ich brauche Zeit zum Nachdenken."
- „Worüber denkst du nach?" fragt Golo.
„Über die Blumen und Bäume", antwortet er, „wie sie wachsen und gedeihen, was da möglicherweise in ihnen vorgeht."
Golo schaut dem Mann nach, wie er ins Tal hinunterschreitet, wendet sich weiter hangaufwärts der Anhöhe zu. Er begegnet einer Frau, die ins iPhone spricht: „Was sagst du? Ich kann dich nicht verstehen."
Sie hebt die Schultern, hält Golo das Telefon entgegen. „Kannst du ein Wort verstehen?"
Golo hört nur unverständliche Laute. „Was ist das für eine Sprache?"
- „Die Stimme kenne ich", erwidert die Frau, „es ist meine Freundin, die sonst sehr deutlich redet."
Golo rät ihr, das Handy zu drehen und zu wenden. Aber der Empfang wird nicht deutlicher. Die Frau beendet den Anruf. „Vielleicht probiert sie es später noch einmal."
Ein Mann in Berufskleidern der Post holt Golo ein. „Gehst du auf die Anhöhe?"

- „Das habe ich vor", entgegnet Golo.

Der Mann drückt ihm Briefe in die Hand. „Kannst du sie oben verteilen? Ich bin froh, wenn du sie mitnimmst. Noch ein Hinweis: Sie sind nach den Hausnummern sortiert."

Verwundert betrachtet Golo die Post in seiner Hand. Der Briefträger entfernt sich schnell. Auf der Anhöhe mündet der Weg in eine Quartierstraße ein. Golo studiert die Hausnummern und nähert sich dem ersten Briefkasten.

Eine Frau kommt aus dem Haus gerannt. „Nicht einwerfen!" ruft sie, „du kannst ihn mir geben."

Golo vergleicht die Adresse mit der Anschrift auf dem Briefkasten, händigt ihr den obersten Brief aus. Sie reißt den Umschlag auf, liest ihn mit tiefen Seufzern. „Meine Freundin hat ein Kind bekommen. Ich werde sie besuchen. Kommst du mit?"

Er weist auf die Briefe. „Ich möchte sie noch verteilen." Er geht von Briefkasten zu Briefkasten, wirft die Post ein. Unterdessen hat sich die Frau bereit gemacht. Ihre Füße stecken in Turnschuhen, und sie bewegt sich mit weiten und raschen Wanderschritten.

„Wo ist deine Freundin?" erkundigt sich Golo.

„Wir sind gleich da", meint sie.

Golo schaut sich um, kann kein Haus in der Nähe sehen. Erst als sie auf der Anhöhe anlangen, taucht ein kleines Haus im Südhang unter dem Weg auf. Rasch eilt sie hinunter. Golo folgt ihr. Bei der Haustür klingelt sie. Eine Frau ruft durchs offene Fenster: „Nur herein!"

Die Frau drückt die Klinke, tritt schnell ein. Golo geht zögernd hinterher. Die Freundin liegt auf dem Sofa, das Baby auf ihrem Bauch, den Kopf auf der Brust. Die Frau kniet nieder, betrachtet das Kind, das in diesem Moment die Augen aufschlägt und sie verwundert anschaut.

„Bist du wunderbar!" lässt sich die Frau ein ums andere Mal vernehmen.

Die Freundin gibt ihr das Kind zum Tragen. Sie schließt es in ihre Arme, geht wiegend auf und ab, zeigt es Golo. „Ist es nicht allerliebst?"

Das Kind und Golo blicken sich lange an. Er spricht sehr leise, um es nicht zu erschrecken: „Es ist ein großes Glück für alle, dass es dich gibt." Ebenso leise zieht er sich aus dem Wohnraum zurück, verlässt das Haus und wählt einen Weg, der sich durch den Südhang zieht. Das Zirpen der Grillen dringt schrill ans Ohr. Ein leichter Wind beugt die Gräser. Nach einer langen Schleife führt der Weg an einem Kreuzgiebelhaus vorbei, in dessen Dach große Fenster eingelassen sind. Vor der Haustür steht ein Mann, grüßt Golo. „Unter dem Dach sind 4 Zimmer. Möchtest du sie sehen?"

Golo fragt: „Was willst du mir zeigen?"

Der Mann öffnet ihm die Tür. „Die Einrichtung wird dir gefallen." Er lässt Golo eintreten und die Treppe hochsteigen. Unter dem Kreuz des Giebelhauses befindet sich ein quadratischer Raum mit 4 Türen, welche die Dachzimmer erschließen. Der Mann lässt Golo ins erste Zimmer treten, wo ein Steinway Konzertflügel steht. „Das ist mein Musikzimmer", erläutert er.

Im zweiten Zimmer findet Golo eine Staffelei. „Das ist da Atelier meiner Frau", sagt der Mann.

„Dürfen wir es betreten?" möchte Golo wissen.

„Sie hat es gern, wenn es die Leute interessiert, wo und

wie sie malt", versichert der Mann.

Dann zeigt er Golo das dritte Zimmer. In der Raummitte steht ein Sessel mit einem runden Korb auf der Sitzfläche. „Das ist das Katzenzimmer", erklärt der Mann und macht die vierte Tür auf. Ein Himmelbett mit hellblauen Vorhängen sieht wie in einem Märchenbuch aus. „Das ist unser Gästezimmer. Möchtest du unser Gast sein?"

- „Ich bin auf einer Wanderung", entgegnet Golo, „und möchte heute noch weitergehen. Aber vielleicht steige ich einmal bei euch ab und schlafe in diesem fantastischen Bett."

Der Mann trippelt die Treppe hinunter. „Das würde uns freuen." Beim Ausgang fragt er nach: „Hast du ein bestimmtes Ziel?"

Golo tritt ins Freie. „Ich bin immer daran, die nähere und weitere Umgebung zu erkunden."

Ein Weg führt in die Stadt hinunter. Beim runden Turm des Stadttors begegnet Golo einer Frau. Sie zeigt ihm ein leeres Buch. „Da könntest du Seite für Seite etwas hineinschreiben."

Golo dankt ihr. In gemächlichem Gang geht er durch die Stadt, übt sich, im Stehen in schöner Schrift zu schreiben. Ein Mann zeigt ihm einen Brunnen. Auf einer Säule ruht eine goldene Kugel, in der sich das glitzernde Wasser spiegelt. Golo nimmt feine Lichtblitze wahr, schlägt das Buch auf, beschreibt das Lichtspiel in sorgfältig hingemalten Buchstaben. Als er das Buch schließt, beobachtet er eine Frau, die ganz in Gedanken versunken den Rucksack auf eine Sitzbank stellt. Wenig später trifft er sie in einer Gasse. Sie kommt auf ihn zu. „Ich habe irgendwo meinen

Rucksack hingestellt und weiß beim besten Willen nicht mehr, wo."

Er begleitet sie zur Sitzbank. „Hier ist er."

Ihr Blick fällt auf sein Buch. „Es gefällt mir. Ist es leer?"

Er lässt sie den Eintrag über den Brunnen lesen. Sie wünscht: „Ich hätte gern das Buch mit deinem Eintrag und den vielen leeren Seiten. Schenkst du es mir?"

- „Du kannst es gerne haben", sagt er und reicht es ihr.

Sie versorgt es im Rucksack. „Danke, das ist sehr freundlich. Nun kann ich alles notieren, was sich um mich herum ereignet." Mit großen Schritten eilt sie davon.

Golo wählt die Straße, die zum bläulich schimmernden Fluss führt, steigt die Böschung hinunter. Im Sand steht ein Klavier, spiegelt sich im Wasser. Golo setzt sich auf den Stuhl, öffnet den Tastendeckel und beginnt zu spielen. Ein paar Enten schwimmen in der Strömung heran, watscheln über den Sand, schnattern melodiös mit. Golo spielt etwas leiser, damit ihre Stimmen voll zur Geltung kommen, nimmt die Begleitstimme zurück, gibt der Oberstimme zwischendurch die volle Lautstärke, sodass eine Art Wechselgesang zwischen den Enten und dem Klavier entsteht. Die Enten schnattern aus voller Kehle, richten sich auf, schlagen die Flügel. Dann wenden sie sich wieder dem Fluss zu und schwimmen fort. Golo imitiert mit der Bassstimme ihre Flossenbewegung, lässt sie verklingen. Behutsam schließt der den Tastendeckel, steht auf, kehrt auf den Uferweg zurück.

Nicht weit von der Sandbank entfernt, tragen die Leute Stühle und Tische aus einem bananengelben Haus ins Freie. Sie setzen sich hin und beginnen zu schreiben. Eine

Frau erklärt Golo. „Wir machen einen Wettbewerb. Wer schreibt das beste Gedicht?" Sie weist auf einen leeren Stuhl. „Nimmst du auch teil?"

Golo setzt sich an einen wackligen Tisch, blickt nach links, schaut zu, wie die Menschen emsig schreiben. Sein Blick wandert nach rechts, wo er ebenfalls auf flinke Schreibhände trifft. Er schließt die Augen, hört auf seine innere Stimme, die ihm Zeile für Zeile ein Gedicht vorsagt. Es beginnt mit den Farben des Flusses, geht zum Klang der Quelle über, zur Geburt eines Kindes, das mit dem anschwellenden Fluss immer größer und im rauschenden Strom älter und erwachsen wird. Golo versieht das Gedicht mit einem Kennwort, hinterlässt bei der Jury seinen Namen in einem Umschlag, der mit dem Kennwort beschriftet ist. Dann geht er auf dem Uferweg weiter, kommt zu Wannen, die mit Körperfarben gefüllt sind. Menschen tauchen in eine Farbe ein, tollen sich auf der Wiese, lassen sich fotografieren. Eine Frau fragt Golo: „Willst du auch in eine Farbe tauchen? Sie lässt sich hinterher ohne Mühe abwaschen. Du springst in den Fluss, tauchst unter, und die Farbe löst sich auf. Vorher aber genießt du das farbige Vergnügen."

Es kommen immer mehr Menschen dazu, ziehen sich aus, färben sich in einer Wanne ein und laufen zur Wiese. Golo schaut dem bunten Treiben zu. „Ich kann mich für keine Farbe entscheiden."

„Denk nicht allzu lang darüber nach", rät die Frau, „du kannst auch mehrere Farben hintereinander ausprobieren, zeigst dich nur für kurze Zeit in einer bestimmten und wechselst dann gleich wieder."

Sie schlüpft aus den Kleidern. „Mach mir einfach alles nach!" Schnell rennt sie zur Wanne mit der fliegenpilzroten Farbe, hüpft hinein, legt sich hin und taucht unter. Vom Scheitel bis zur Sohle rot steigt sie aus der Wanne, tanzt ein paar Schritte, wiegt sich in den Hüften. „Nun bist du an der Reihe!" Ohne länger auf ihn zu warten, läuft sie zum Fotografen, posiert, verändert dauernd die Stellung.

Ein Mann wundert sich. „Wie schaffst du es, einfach zuzuschauen, wo doch das Vergnügen lockt?" Er legt die Kleider ab, wirft sich in eine Farbwanne und klettert grasgrün heraus. „Das macht Spaß!" Mit komischen Bewegungen lenkt er die Aufmerksamkeit des Fotografen auf sich.

Eine Frau kommt auf Golo zu. Sie vertraut ihm einen Schlüssel an. „Bewahre ihn für mich auf. Ich nehme ein Farbenbad und möchte ihn nicht verlieren." Sie entledigt sich der Kleider und springt in die Wanne mit der goldorangen Farbe. Nachdem sie ganz in die Farbe eingetaucht ist, läuft sie zur Wiese. Obwohl das Goldorange leuchtet, verliert sie Golo im Getümmel aus den Augen. Unschlüssig steht er mit dem Schlüssel da. Sie rennt zum Fluss, watet ins tiefe Wasser, schwimmt ein paar Züge, taucht unter. Die Farbe löst sich in einer goldorangen Wolke auf. Sie crawlt ans Ufer, lässt sich von einem Mann ein Handtuch reichen, trocknet sich ab. Wieder in den Kleidern, gesellt sie sich zu Golo. „Du bist er Einzige, der nicht in die Farben taucht. Hast du keine Lust?"

Er sagt: „Ich frage mich immer noch, welche Farbe ich wählen soll." Als er ihr den Schlüssel zurückgeben will, ziert sie sich. „Ich nehme ihn erst wieder, wenn du mich besuchen kommst." Sie beschreibt ihm die Lage ihres Hauses.

Lächelnd händigt er ihr den Schlüssel aus. „Wenn ich das nächste Mal in die Stadt komme, weiß ich jetzt, wo ich will-kommen bin."

Das winzige Fenster

Ein Mann schaufelt Sand vom Uferweg. „Der Fluss trat übers Ufer, überschwemmte den Weg. Dabei hat er viel Sand abgelagert", berichtet er.

Golo dankt ihm für die Wiederherstellung des Wegs. Der Mann stützt sich auf die Schaufel. „Sobald der Weg frei ist, kann ich mich um die Tagesgeschäfte kümmern." Er stößt die Schaufel in den Sand, lädt ihn auf den Schubkarren.

Bei einem Felsen steigt der Uferweg an. Auf der Höhe steht ein Mädchen hinter einem kleinen Marktstand. Rings um das zeltartige Dach sind T-Shirts aufgehängt. Das Mädchen nimmt eines ab, zeigt es Golo. „Vorn ist das Bild meiner Stadt aufgedruckt. Möchtest du es haben?"

Er schaut es genau an. „Ich trage bereits ein T-Shirt."

- „Morgen wirst du es wechseln", sagt das Mädchen, lächelt gewinnend, „und dann kannst du das Neue anziehen."

Golo tritt einen Schritt zurück. „Momentan bin ich ohne Gepäck unterwegs."

- „Du könntest es zusammengefaltet in der Tasche tragen", schlägt das Mädchen vor, setzt die Idee gleich in die Tat um, legt das T-Shirt mit geschickten Händen zusammen und schenkt es Golo.

Er steckt es in die Tasche. „Du hast Recht. Auf diese Weise geht es."

Hinter der Felsenbank führt der Weg in den Wald hinein. Bäume mit weiten Kronen schließen das Blätterdach.

Durch die Wipfel fällt das Licht auf den Fluss. Reflexe blinken und blitzen auf dem Wasser. Golo begegnet einem Mann. „Gleich kommt mich eine Frau von der Zeitung interviewen. Sie will mich auch fotografieren. Wie komme ich zu einem neuen T-Shirt? Meines ist etwas zerrissen."

Golo reicht ihm das neue mit dem aufgedruckten Stadtbild. „Kannst du dir vorstellen, dich in diesem Shirt zu zeigen?"

Der Mann legt es an. „Es hat genau die richtige Größe." Er streckt die Arme.

„Was könnte mich die Frau fragen?"

Seinen in die Runde schweifenden Blick fängt Golo auf und erkundigt sich: „Wo lebst du?"

- „Im Wald", antwortet der Mann, „und das soll Grundlage des Interviews sein."

- „Dann ist es einfach", vermutet Golo, „sie wird wissen wollen, warum du hier lebst."

Der Mann richtet sich auf, stellt die Brust vor. „Es gefällt mir im Wald. Ich sammle Beeren, höre die Vögel singen und beobachte die Rehe."

Golo erwidert: „Dann weißt du ja, was du antworten wirst."

Mit einer ausladenden Armbewegung weist der Mann auf einen Weg. „Er führt zu meinem Waldhaus. Schaust du einmal bei mir herein?"

- „Bei der nächsten Gelegenheit", sagt Golo, „jetzt hast du ja einen Termin."

Er schreitet ruhig auf dem Uferweg weiter. Eine Frau kommt ihm entgegen. „Ist hier in der Nähe ein Waldhaus?" Sie zeigt Golo die Karte, auf welcher die Abzweigung vom Uferweg eingetragen ist.

„Sie ist gleich da hinten", teilt ihr Golo mit, „du kannst sie nicht verfehlen."

- „Ich gehe den Mann, der im Wald wohnt, interviewen", berichtet sie, „kennst du ihn?"

Golo schiebt den Hut in den Nacken. „Ich habe ihn soeben getroffen. Er erwartet dich."

- „Dann freue ich mich aufs Gespräch", sagt sie und macht sich angeregt auf den Weg.

Er geht den Fluss entlang, sieht eine große Schlange. Ihre Haut schimmert smaragdgrün. „Ich brauche deine Hilfe", ruft sie.

„Was kann ich für dich tun?" fragt er.

Sie schlängelt zum Ufer. „Du musst mich aus dem Wasser heben und auf die warme Felsplatte tragen."

Golo fasst sie behutsam an. „Ich sehe keine Verletzung."

- „Untersuche mich nicht", entgegnet sie, „rette mich einfach, wie ich es dir sage."

Er legt sie auf den sonnenwarmen Felsen. Wohlig kringelt sie sich. „Das hast du gut gemacht. Wenn es sich irgendwann ergibt, werde ich mich dankbar erweisen."

Golo wünscht ihr gute Erholung, geht weiter. Der Uferweg verlässt den Wald, säumt eine Blumenwiese. Schmetterlinge flattern von Blüte zu Blüte. Ein Admiral fliegt so wild über den Weg, dass er fast mit Golo zusammengestoßen wäre. Am Wegesrand neben seinem Fahrrad steht ein Mädchen. Es setzt sich auf den Sattel. „Kannst du mir bitte etwas Anschwung geben? Allein schaffe ich es nicht anzufahren."

Golo schiebt es an. Mit einem Jauchzer tritt es die Pedalen.

Am Stadtrand mündet der Weg in einen Platz, den ein Park umgibt. In der Mitte befindet sich ein Stehpult mit einem Album. Ein Mann ermuntert ihn: „Trag dich ein! Schreib auf, was dir durch den Kopf geht."

Als sich Golo vors Pult stellt und den Stift ergreifen will, verwandeln sich seine Hände in Leopardenpranken mit langen Krallen, und es ist ihm nicht möglich zu schreiben. Er hebt die Schultern, bedauert: „Daraus wird nichts. Vielleicht trage ich mich das nächste Mal ein, wenn ich vorbeikomme." Kaum hat er den Platz verlassen, verwandeln sich die Pranken in seine Hände zurück. Ein Pfad führt durch die Blumenwiese des Parks. Eine Frau tritt an Golo heran. „Kann das sein, dass ich plötzlich das Gefühl für die Zunge verliere?"

- „Wie ist es, wenn du mit den Schneidezähnen darüberfährst? Stellt sich da kein Gefühl ein?" erkundigt sich Golo. „Das habe ich schon versucht", sagt die Frau, „und nichts gespürt. Ich habe auch ein Bonbon gelutscht und nichts Süßes geschmeckt."

- „Und wenn du mit den Fingern die Zunge betastest", fragt Golo weiter, „spürst du sie?"

Sie versucht es. „Die Finger spüren die Zunge, aber mit der Zunge kann ich die Finger nicht wahrnehmen."

Ein Mann kommt dazu. „Worüber unterhält ihr euch gerade?"

Die Frau berichtet über die Zunge: „Ich kann zum Glück noch sprechen, aber meine Zunge fühlt und schmeckt nichts mehr."

Er greift sich in den Mund. „Mir geht es genauso. Ich weiß gar nicht, wann die Zunge mit Fühlen und Schmecken aufgehört hat. Ich kann sie bewegen, über die Lippen führen, sie spürt jedoch die Lippen nicht mehr."

Golo betrachtet die Blumenwiese, pflückt Thymian. „Wollt ihr einmal die Blüten langsam zerkauen und auf die Zunge legen?"

Die Frau und der Mann probieren es. Ihr Gesicht leuchtet auf. „Meine Zunge schmeckt wieder", freut sich die Frau.

„Es brauchte diesen scharfen Geschmack", fügt der Mann bei.

Sie danken Golo überschwänglich. Die Frau fragt: „Wie heißt dieses Heilkraut?"

- „Das ist Thymian", sagt Golo.

Während sich die Frau und der Mann über die außerordentliche Wirkung unterhalten, wendet sich Golo langsam zum Gehen. Er schlendert durch den Park, trifft eine Frau und ein Mädchen aus einer anderen Kultur. „Wie können wir ihm am besten die Sprache beibringen?" fragt sie.

Golo schlägt vor: „Wir legen ihm Wörter vor." Er deutet auf sein Bein, spricht langsam und deutlich: „Bein." Das Mädchen spricht es nach, dreht sein Bein, richtet es hoch, dreht auf dem anderen Bein eine halbe Pirouette. Dann zeigt Golo auf den Arm, spricht das Wort vor, das Mädchen greift es auf, zuerst sprachlich, dann macht es mit den Armen lustige Flugbewegungen. Die Frau schaut zu, beginnt selber, dem Mädchen Wörter vorzusprechen. Tänzerisch greift das Mädchen die Angebote auf, wiederholt spielerisch, was die Frau vorsagt.

Am Rand des Parks sind Vorbereitungen für ein Maskentreiben im Gang. Die Menschen maskieren und schminken sich, ziehen Kostüme an. Die Straßenkleider legen sie auf die Parkbänke. Im Gemenge verliert Golo die Frau und das Mädchen aus den Augen. Es macht den Leuten Spaß, hintereinander mehrere Kostüme auszuprobieren, in immer neue Rollen zu schlüpfen. „Willst du dich nicht verkleiden?" fragt ein Mann.

„Vielleicht später", erwidert Golo, „ich suche jemanden."

Der Mann schaut sich um. „Das ist in dem Betrieb so gut wie aussichtslos."

Golo bahnt sich einen Weg durch die Leute. Schließlich gelangt er zu einem Garten. Eine Frau und ein Mann sind daran, die hohe Hecke, die das Haus umgibt, zu entfernen. Sie arbeiten mit Säge und Rebschere. Die Frau hält in der Arbeit inne, erklärt Golo: „Bald wird unsere Freundin kommen. Sie möchte hier Geburtstag feiern. Dann möchten wir eine offene Umgebung anbieten."

- „Einfach ist es nicht", ergänzt der Mann, „das Gelände ist ziemlich eingewachsen."

Die Äste, Zweige und Stämmchen räumen sie auf einen mit Ruten umflochtenen Sammelhaufen im angrenzenden Wäldchen. „Der Haufen bietet vielen Tieren Unterschlupf", weiß die Frau.

Beschwingt trifft die Freundin ein. „Habt ihr extra für mich die Hecke abgeräumt?"

Die Frau gratuliert ihr zum Geburtstag. Dann gibt sie zu: „Die Hecke stand eh auf unsrer Liste. Wir haben deinen Geburtstag zum Anlass genommen, sie zu schneiden."

Der Mann drückt ihr die Hand. „Alles Gute zum Geburtstag!"

Die Freundin dreht sich nach Golo um. „Wer bist du? Bist du auch eingeladen?"

Er zieht sich zurück. „Ich bin nur vorbeigekommen, wünsche dir einen schönen Geburtstag und werde gleich wieder gehen."

- „Bleib doch", bittet sie, „ein Gast mehr bereichert die Feier."

In diesem Augenblick fährt ein Solarbus vor. Aus dem Innern stürzen sich die Gäste auf die Freundin, schütteln ihr die Hand, überhäufen sie mit Glückwünschen.

Golo geht weiter stadteinwärts. Auf einem Platz scharen sich Leute um eine Bühne. Sie ist aus rohen Balken und Brettern gezimmert. Ein Junge steigt die Treppe hoch, stellt sich vors Mikrofon. Sein Vater winkt ihm. Dann wendet er sich Golo zu. „Sicher wird mein Sohn den Gesangswettbewerb gewinnen. Schon bei seiner Geburt hatte seine Stimme einen wunderbaren Klang."

Golo bleibt neben ihm stehen, hört zu, wie der Junge singt. Die Leute neigen den Kopf, sind so sehr von seiner Stimme angetan, dass sie, kaum hat er das Lied beendet, in einen begeisterten Beifall ausbrechen.

„Ich sagte es", freut sich der Vater. Der Junge trippelt die Treppe hinunter, fällt dem Vater in die Arme. Die Jurymitglieder halten ihr Tafeln hoch. Neben der maximalen Punktezahl ist ein Herz gezeichnet. Golo gratuliert dem Jungen: „Du hast das Lied wundervoll vorgetragen." Er löst sich aus der Menge, spaziert weiter. Eine Frau erkundigt sich: „Weißt du, wo die Minigolfanlage ist?"

- „Ich müsste mich selber kundig machen", erwidert Golo, fragt einen Mann: „Gibt es hier in der Nähe eine Minigolfanlage?"

Der Mann führt sie an den Rand des Parks, wo Menschen

mit Minigolfschlägern durchs Gelände gehen. Schnell geht die Frau auf einen kioskartigen Stand zu, wo Schläger verteilt werden. Sie will auch Golo einen Schläger geben. Er verschränkt die Hände hinter dem Rücken. „Ich schaue lieber zu."

Sie begibt sich zur ersten Bahn, schlägt den Ball und trifft das Loch. „So viel Glück ist selten", bemerkt sie, „dein Zuschauen hilft." Bei der zweiten Bahn ist sie ebenfalls erfolgreich, kann den Ball mit dem ersten Schlag einlochen. „Das ist mir bis jetzt noch nie gelungen", freut sie sich.

„Ich wünsche dir, dass dein Glück anhält", sagt Golo, setzt den Weg durch die Anlage fort, gelangt vor ein Haus mit einem winzigen Fenster. Es ist kleiner als eine Zündholzschachtel. Ein Mann versucht, es zu öffnen. „Das braucht viel Fingerspitzengefühl." Er bittet Golo, den nadeldünnen Griff zu bedienen.

Golo gelingt es, mit dem Zeigefinger den Griff nach oben zu schieben. Das winzige Fenster springt auf.

Tanz der Wörter

Im Grasland unterwegs, schreitet Golo ruhig voran. Er begegnet einer Frau. Sie sitzt an einem Tisch, umgeben von hohen Halmen. „Ich führe Tagebuch. Wer bist du? Und was suchst du in der Gegend? Das würde ich gern eintragen."

Er beugt sich vor. „Ich bin Golo, erkunde das Grasland und seine Umgebung."

Sie notiert die Auskunft. Auf dem Tisch steht ein Krug Tee mit mehreren Gläsern. „Darf ich dir ein Glas anbieten? Wenn du von diesem Tee trinkst, meiden dich die Mücken. Sie stechen dich nicht."

- „Den würde ich gern probieren", sagt Golo.

Sie schenkt ihm ein Glas ein. Golo trinkt ihn langsam und genüsslich. „Er schmeckt auch fein."

- „10 Kinder sind vorbeigewandert", berichtet sie, „ich wüsste gern, wohin sie gehen, und wie es kommt, dass immer ein anderes Kind die Gruppe führt."

Golo betrachtet die Spuren auf dem Pfad, der sich durchs Grasland zieht, macht sich auf den Weg. Bald hat er die Kinder eingeholt, die sich mit immer neuen Fragen beschäftigen. „Wer kennt einen Vornamen mit Y?" – „Ich!" ruft ein Mädchen, „Yvonne." Nun darf es die Gruppe führen. „Wohin geht ihr?" erkundigt sich Golo.

Die Kinder lachen. „Das ist noch gar nicht ausgemacht", erklärt ein Junge, „immer geht ein anderes Kind voran."

Golo schaut den Kindern zu, wie sie sich ablösen und neue Fragen erfinden. Dann wählt er einen Weg, der in verstepptes Brachland führt. Kleine Bäume und Sträucher säumen den Weg. Ein Mann schichtet Brennholz zu einer Pyramide auf. „Es gibt ein Etagenfeuer", schwebt ihm vor, „zuerst wird nur die Spitze brennen. Dann fressen sich die Flammen immer weiter nach unten. Und wenn sie bei den langen Scheiten ankommen, gibt es ein richtig helles Feuer, das viel Glut erzeugt. Wer will, kann etwas bräteln. Natürlich warte ich mit Anzünden, bis die Dämmerung kommt."

Golo wünscht ihm viel Freude mit dem Feuer, dringt tiefer ins Brachland vor, trifft eine Frau und einen Mann. „Geh nur weiter", sagt die Frau, „wir haben eine unerquickliche Auseinandersetzung. Besser, du hörst nichts davon."

Golo bleibt stehen. „Worum geht es? Vielleicht steht ihr kurz vor der Lösung des Problems."

Der Mann klagt: „Sie möchte, dass wir an einer Show teilnehmen, aber ich bin nicht gern im Rampenlicht."

Golo wendet sich an die Frau: „Warum gehst du nicht alleine in die Show?"

- „Es ist eben eine Show für Paare", erklärt sie.

Der Mann lenkt ein. „Ich mache einen Schritt auf die Lösung zu. Wir könnten hingehen. Ich sehe mir die Sache an, und je nachdem melden wir uns an."

Sie freut sich, fragt Golo: „Kommst du mit? Die Bühne der Show ist ganz in der Nähe aufgebaut."

Zu dritt gehen sie auf dem Wanderweg, der zur Stadt am Seeufer führt. Die Showbühne ist aus rohen Brettern und Balken gezimmert, befindet sich am äußersten Rand der

Stadt. Soeben verabschiedet der Showmaster ein Paar. „Ihr 2 wart wunderbar. Danke fürs Mitmachen!" Er blickt herab, sieht die Frau und den Mann in Begleitung Golos kommen. „Die Show ist gleich zu Ende. Ihr seid das letzte Paar, das antritt. Willkommen, die Bühne erwartet euch." Er streift über die Frackzipfel, winkt die Frau und den Mann heran, schaltet das Mikrofon kurz aus. „Nur keine Angst! Ich stelle euch nur eine Frage. Dann ist die Show vorüber." Da streift der Mann die Hemmung ab, steigt die Treppe zur Bühne hinauf. Verwundert folgt ihm die Frau. Der Show- master schaltet das Mikrofon ein, gratuliert ihnen zum raschen Entscheid. „Die Frage, die ihr beide beantworten dürft, lautet: Wie habt ihr euch kennengelernt?"

- „Wir saßen im Zug", erinnert sich die Frau.

Der Mann fährt fort: „Du hast mich gefragt: Kennst du dich aus mit Sonnenbrillen?"

Schnell fügt die Frau bei: „Ich gab dir meine Sonnenbrille. Du setztest sie auf."

- „Das fanden wir komisch. Wir lachten herzlich und kamen in der Folge ins Gespräch", ergänzt er.

Der Showmaster dankt ihnen für die Geschichte. „Nun sind wir am Ende der Show." Er legt das Mikrofon ab, steigt von der Bühne. „Hat dir der letzte Teil meiner Show gefallen?" fragt er.

Golo sagt: „Du hast eine wichtige Erinnerung des Paars geweckt. Das hat beiden sehr gutgetan."

- „Das ist meine Aufgabe. Darauf verstehe ich mich", er- klärt der Showmaster. Er wartet aufs Paar, bis es von der Bühne kommt, verstrickt es in eine Plauderei, während Golo eine kleine Straße findet, die stadteinwärts führt. Er kommt an einem leeren Garten vorbei, der einen Neubau umgibt. Am Rand des Grundstücks steht ein Mann, stellt sich vor: „Ich bin Gartenarchitekt. Was würdest du planen, wenn du an meiner Stelle wärst?"

Golo schaut sich den Garten an. „Ich würde viele Bäume vorsehen", rät er.

Der Architekt legt einen Block auf den Briefkasten, malt das Grundstück und das Haus im Grundriss, trägt Bäume als Kreise ein. „Würdest du sie auf diese Weise pflanzen?" Golo beugt sich vor. „Das könnte ich mir vorstellen."

Vergnügt schreitet der Architekt mit dem Entwurf durch den Garten. Golo überlässt ihm die weitere Planung, entdeckt einen Weg, der eine Parkanlage mit hohen Bäumen erschließt. Vögel singen in den Wipfeln, und bei den Wurzeln kniet ein Mann vor einer Felsenplatte. „Später soll sie aufgerichtet werden und fest in einem Fundament stehen."

- „Wird sie zu einem Gedenkstein?" erkundigt sich Golo.

„Ich würde gern ein Gedicht eingravieren", antwortet der Mann, zeigt ihm seine Werkzeuge, darunter einen Hammer und verschiedene Meißel.

„Welches Gedicht wählst du?" fragt Golo.

Der Mann spielt mit einem Meißel. „Ich bin immer noch auf der Suche. Welches würdest du mir empfehlen?"

Golo setzt sich auf eine Parkbank, schreibt ein Gedicht in sein Notizbuch.

„Farne breiten mannshoch

ihre fächerartigen Blätter aus.

Grün wogt das Laub.

Astspitzen ragen kaum hervor.

196

Direkt hinter dem Haus
reicht ein Regenbogen in den Wald hinunter.
Gerahmt an der Wand
hängt ein Plakat mit dem Text:
Ich verbrachte den ganzen Tag damit,
an einen Schmetterling zu denken."

Er reißt die Seite aus, reicht sie dem Mann, der das Gedicht aufmerksam und mehrmals durchliest. „Das gefällt mir", sagt er schließlich, „das meißle ich in den Stein." Er setzt den Meißel an. Golo schaut zu, wie der erste Buchstabe entsteht, entfernt sich dann, schlägt einen Bogen um die Stadt, wandert an der Peripherie, bis er zu einem Haus in einer Wiese kommt. Eine Frau steht unter der Wäscheleine, begutachtet Socken. „In den Wollsachen wachsen Löcher", stellt sie fest, „da müssen Motten im Haus sein."
- „Was unternimmst du dagegen?" erkundigt sich Golo.
Sie sagt: „Ich lege Lavendelblüten in den Schrank. Das wird sie vertreiben."
Golo wünscht ihr gutes Gelingen, schlägt einen Weg ein, der ihn zum Waldrand führt. Ein Mann tritt unter den Bäumen hervor. „Im Wald gibt es einen Treffpunkt. Dort fertige ich Holzskulpturen an und stelle sie aus. Willst du sie sehen?"
Golo begleitet ihn. „Es nimmt mich wunder, was du gemacht hast."
Licht und Schatten sprenkeln den Weg. Die Sonne zaubert Lichträume in die Wipfel. Der Treffpunkt befindet sich auf einer Lichtung mit kniehohem Gras, das in der Sonne schimmert. Darin stehen Holzskulpturen vieler Art. Eine ist

mit Schnitzwerkzeugen versehen. „Das ist mein Ebenbild. Fast in jeder Figur können Leute aus unserer Stadt eine Person erkennen. Die kleinste sitzt im Stadtrat und läuft vor den Ameisen davon. So habe ich das Ratsmitglied selber im Wald getroffen. Die Leute, die sich hier in Holz geschnitzt finden, kommen gern zum Treffpunkt. Da bekomme ich viele Komplimente." Er betrachtet Golo von der Seite. „Du gäbst auch eine gute Figur. Ich bräuchte nur den passenden Baumstamm." Aufmerksam sieht er sich im Lager um.

Golo vermutet: „Wenn ich das nächste Mal vorbeikomme, sehe ich wahrscheinlich die Figur. Jedenfalls werde ich darauf achten."

Er verlässt die Lichtung, wählt einen Pfad, der tiefer in den Wald dringt. In den Wipfeln pfeifen Vögel, schwirren durchs Unterholz. In den Klangraum mischen sich Stimmen eines Chors, werden lauter, je näher Golo einer großen Halle kommt, die gegen Süden hin offen ist. Darin übt ein Chor. Das Lied hallt in den Bäumen. Die Dirigentin schenkt Golo einen Seitenblick. Nach dem Verklingen des Schlussakkords winkt sie ihm. „Sing mit uns!" Sie gibt ihm ein Notenblatt. Golo reiht sich in den Chor ein, wartet auf den Einsatz der Dirigentin. Dann singt er ein Lied mit, bevor er das Blatt zurückgibt.

„Wie ist es, mit uns zu singen?" fragt sie.

„Es macht Freude", sagt Golo, tritt aus der Halle. Die Stimmen des Chors folgen ihm lange durch den Wald, verlieren sich dann im Wispern der Blätter. Bei den Wurzeln einer mächtigen Eiche steht ein Bett. Am Kopfende befinden sich 2 Fahnen an Stangen in bequemer Länge für einen Fähnrich. Eine Fahne ist möwenweiß, die andere himmelblau mit einem löwenzahngelben Stern in der Mitte. Ein Mann wacht auf, springt aus dem Bett. „Ich bin ausgeruht. Willst du eine Fahne tragen?"

Golo schlägt vor: „Was ich könnte, ist dir helfen, einen Fähnrich zu suchen. Selber möchte ich mich lieber frei bewegen."

Der Mann legt kreuzweise 2 Schultergurten an, die unterhalb der Hüfte mit Laschen für das Einstecken der Fahnenstangen versehen sind. Er steckt beide Fahnen ein, marschiert durch den Wald. „Ich trage 2 Fahnen ohne Mühe, bin aber gern in Gesellschaft." Zackig hält er auf ein fünfstöckiges Turmhaus zu, das am Waldrand aus den Bäumen ragt. Er drückt die Klingel im Erdgeschoß. Schuhe klappern auf der Treppe. Die Tür springt auf, und eine Frau fragt: „Was wollt ihr?"

Er bietet ihr die weiße Fahne an. „Möchtest du sie tragen?" Mit einem Schwung aus der Hüfte nimmt sie ihm die Fahne ab, schwenkt sie hin und her. „Das gefällt mir."

Kurzentschlossen überreicht er ihr auch den Schultergurt. Sie legt ihn an, steckt die Fahnenstange in die Lasche und marschiert mit dem Fähnrich los. Stramm aufrecht schreiten sie nebeneinander den Wiesenweg hinunter. Eine Weile lang geht Golo hinter ihner her. Dann verliert er sie bei einer Wegbiegung aus den Augen. Am Rand der Wiese fügen sich rohe Bretter und Balken zu einer Freilichtbühne zusammen. Auf der Treppe zum Bühnenaufgang sitzt ein Regisseur. „Kannst du ein Stück schreiben?"

Golo nimmt neben ihm Platz, schlägt das Notizbuch auf, notiert folgendes Stück: Auf der Bühne liegen 2 Worttafeln mit langen Stielen. Auf einer Tafel steht „Glück", auf der anderen „Frieden". Die Regieassistentin guckt Golo über die Schultern, schraubt Plakate an 2 Stangen und beschriftet sie wie in Golos Entwurf. Eine Tänzerin und ein Tänzer treten auf, sehen die Stangen mit den Tafeln. Zuerst tanzen sie ohne die Plakate, heben sie plötzlich auf und lassen sie über die Bühne kreisen. Aufmerksam verfolgt der Regisseur den Tanz der Wörter, drückt Golo die Hand. „Nach ein paar Proben werde ich das Stück aufführen."

Das große Erkunden

Über einen abgelegenen Höhenweg gelangt Golo vor eine kleine Stadt. Dort haben Leute einen seltsamen Verein gegründet. Sie zeigen sich auf Tafeln 10 kleine Bagatellen, die sie glücklich machen. Wenn 9 davon mit einem anderen Vereinsmitglied übereinstimmen, gehen sie zusammen einen Tee trinken. Ein Mitglied fragt Golo, ob er auch eine Tafel möchte.

„Lieber nicht", antwortet er, „wenn ich zu Fuß unterwegs bin, erscheint alles, was ich nicht unmittelbar brauche, als Ballast."

- „Wie du meinst", sagt das Mitglied und wendet sich an eine Frau, die sofort ihre Tafel aus der Tasche hervorkramt. Dem Mitglied klappt der Mund auf. „10 Übereinstimmungen! Das ist äußerst selten." Zufrieden schreiten sie zu einem Straßenrestaurant und plaudern über die Dinge, die ihre Tafeln anzeigen.

In der Wiese am Stadtrand steht ein Zirkuszelt. Ein Clown watschelt in überlangen Schuhen heraus, hält auf Golo zu, umrundet ihn. „Darf ich dir meine Nummer vorführen?"

Golo geht mit ihm ins Zelt. In der Mitte der Manege steht ein Bett. Der Clown nimmt Anlauf, wirft sich darauf. Das Bett bricht in der Mitte auseinander. Auf den Beinen trippeln die Hälften davon. Der Clown rappelt sich auf, rennt der oberen Betthälfte nach. Die untere Hälfte läuft dazwischen. Er stolpert darüber, fällt unsanft zu Boden, weil die Betthälfte auf Sprungfedern weggehüpft ist, bevor er sie erreicht. Als er wieder Jagd auf die obere Betthälfte macht, mehrmals um die Manege läuft, stupst ihn die untere Hälfte sanft von hinten an. Er fährt herum, will sie erhaschen. Da ist sie schon weg, setzt sich mit der oberen Hälfte zusammen. Der Clown legt den Finger auf die Lippen, bedeutet Golo, still zu sein, schleicht das Bett an. Er spreizt die Beine, breitet die Arme aus. Mit einem Sprung stürzt er sich aufs Bett. Die beiden Hälften driften auseinander, laufen zur Gegenseite der Manege, wo sie sich wieder zusammenschieben. Der Clown rappelt sich auf, rast hinüber, hält im letzten Moment inne. Er streichelt die obere Betthälfte wie ein aufgeregtes Tier, dass man beruhigen will, kniet nieder, hält die beiden Betthälften. Lange geschieht nichts. Erst als er sich anschickt, sich mit einem Schwung hinzufläzen, stieben die Hälften flugs auseinander. Nach einer wilden Verfolgungsjagd, bei der er bald der vorderen, bald der hinteren Hälfte nachgerannt ist, legt sich der Clown erschöpft auf die Bande, welche die Manege einfasst. Zutraulich nähern sich die beiden Hälften, setzen sich zusammen. Der Clown schlägt ein Auge auf, dreht sich auf den Bauch, buckelt wie eine Katze, duckt sich zum Sprung. Zu seiner Verwunderung bleibt das Bett diesmal zusammen. Sobald er sich jedoch behaglich ausstreckt, bricht es ein, und die beiden Hälften fliehen erneut. Der Clown landet auf dem Boden, richtet sich auf, klopft sich den Staub aus den Hosen. Links und rechts von ihm stellen sich die Betthälften auf. Golo klatscht. Die Hälften verneigen sich mit dem Clown. Anschließend setzen sie sich zusammen, gönnen ihm ein Nickerchen. Golo verlässt das Zelt, sieht sich um. Ein Wiesenweg führt in einen kleinen Park. Im Schattenraum von dickstämmigen Platanen steht ein Steintisch, an welchem ein Mädchen sitzt und Golo winkt. „Komm zu mir und schau, was ich male!"

Golo tritt näher. „Da bin ich gespannt."

Es rutscht auf der Steinbank, um ihm Platz zu machen. „Setz dich zu mir!" Dann zeichnet es weiter an einer Insel. Sie ist kurkumagelb, von aquamarinblauem Wasser umflossen. „Wer könnte auf dieser Insel leben?"

Golo schaut es von der Seite an. „Zeichne dich", schlägt er vor, „du könntest dort wohnen."

- „Alleine auf einer Insel sein, macht keinen Spaß", sagt sie, „wir beide leben dort." Sie zeichnet ihn und sich selber mit raschen Strichen. „Was machen wir auf der Insel?"

Er schlägt vor: „Wir malen Karten."

Das Mädchen setzt die Idee sofort um. „Das gibt eine Spitzenkarte", freut es sich, „jetzt brauchen wir nur noch deine Adresse und eine Briefmarke."

Golo staunt. „Soll ich die Karte bekommen?"

- „Wer denn sonst", erwidert das Mädchen, lässt sich die Adresse vorsagen und malt sie mit großen Buchstaben. Dann räumt es die Farbstifte in ein Etui, schiebt es in die Tasche. Die Post befindet sich in einem ovalen, steingrauen Gebäude, unmittelbar neben dem Park. Das Mädchen läuft zur Mutter, bittet sie um Geld, holt die Marke und wirft die Karte in den Briefkasten.

Golo sieht sich in der Umgebung des Parkes um. Mitglieder einer Organisation tragen einen grasgrünen Overall. Sie graben ein Stück Rasen um. „Wir säen Blumen", sagt ein Mann, „es wird eine Blumenwiese geben." Ihre Bewegungen sind fein aufeinander abgestimmt.

Golo geht durchs Stadttor in eine Gasse der Altstadt. Eine Frau hat einen Gartentisch aufs Trottoir gestellt. Darauf steht ein älteres Diktiergerät. Die Frau drückt eine Taste. Zunächst passiert nichts. Sie unternimmt den zweiten Versuch. „Die Diskette sollte ausgeworfen werden."

Ein Passant gesellt sich hinzu. „Ich kenne mich mit älteren Geräten aus. Darf ich dir helfen?"

Die Frau ist einverstanden. „Da wäre ich wirklich froh."

Er verschiebt einen Riegel und drückt dann die Taste, worauf das Gerät sofort reagiert und die Diskette auswirft. Die Frau bedankt sich. „Nun kann ich eine neue Diskette einschieben und diktieren."

Der Mann sagt: „Das ist gern geschehen. Er gibt ihr seine Telefonnummer. „Wenn es Schwierigkeiten gibt, ruf mich ungeniert an." Beschwingt setzt er seinen Weg fort. Auch Golo verabschiedet sich von der Frau. „Ich wünsche dir bei den Diktaten gutes Gelingen."

Auf dem Platz vor dem Rathaus spielt eine Frau Akkordeon. Die Passanten versammeln sich um sie herum, beginnen einzeln und in Paaren zu tanzen. Eine Frau fordert Golo auf: „Tanz mit mir." Sie schlingt den linken Arm um seine Hüfte, reicht ihm die rechte Hand. Er dreht sich mit ihr im Kreis, tanzt mit beschwingten Schritten über den Platz. Nach jedem Stück klatschen die Tanzenden, ermuntern die Spielerin weiter zu musizieren. Die Frau dankt Golo für die Tänze. „Wenn auf dem Platz wieder die Musik spielt, halte ich Ausschau und tanze mit dir." Mit diesen Worten verabschiedet sie sich. Sie läuft über den Platz zu einer

Gasse, blickt zurück, winkt und verschwindet hinter dem Eckhaus.

Golo geht durch die Altstadt hinauf. Ein Mann spricht ihn an: „Möchtest du Mitglied unserer Organisation werden? Wir setzen uns für eine neue gerechte Welt ein."

Golo hört ihm aufmerksam zu, sagt dann: „Ich bin im Moment unterwegs, mag mich nicht verpflichten."

Der Mann führt ihm die Vorteile der Mitgliedschaft vor Augen: „Du kannst auftreten, eine Rede halten und die Reden der anderen anhören. Probeweise solltest du einmal bei uns reden."

Die Organisation ist daran, einen Platz für eine Veranstaltung einzurichten. Die Mitglieder tragen Stühle um eine roh gezimmerte Bretterbühne. Ein Mann richtet das Mikrofon ein. Er sieht Golo in Begleitung des Mannes kommen, winkt ihm. Golo tritt auf die Bühne. „Halte eine Rede", bittet er.

Beim Wort „Rede" merken die Mitglieder auf, setzen sich auf die Stühle, überschlagen die Beine und warten gespannt.

„Ich werde nur eine kurze Rede halten", sagt Golo, „ich bitte um Verständnis."

Er schaut ins Publikum, fährt fort: „Heute ist ein sonniger Tag. Ich erkunde die Stadt und die Landschaft. Es gibt immer etwas zu entdecken." Er gibt das Mikrofon zurück. Die Mitglieder der Organisation klatschen. „Es ist eine vollgültige Rede", erklärt der Mann und übernimmt das Mikrofon, „wir achten nicht auf die Länge. Für uns sind nur das Sprechen und das Zuhören wichtig."

Golo bedankt sich für die Aufmerksamkeit, lenkt seine

Schritte auf die Straße, die aus der Stadt herausführt. Ein Weg zweigt ab, gewinnt über mehrere Kehren rasch an Höhe, sodass Golo die Stadt schon bald aus der Vogelperspektive sieht. Den Kern der Altstadt mit seinen Gassen und Türmen ummanteln Neuquartiere. Immer steiler wird der Weg, schlängelt sich durch hoch aufragende Felsen. Beim Felsenkamm angelangt, bleibt Golo nichts anderes übrig als zu klettern. Sorgfältig platziert er seine Füße, zieht sich hoch, sucht einen neuen Stand. Oben auf dem Kamm belohnt eine weite Rundsicht die Mühen des Aufstiegs. Golo räkelt und streckt sich, betrachtet die Waldberge, die sich wie grüne Wellen eines riesigen Meers in die Weite staffeln. Das weiche Sonnenlicht zeichnet die Bergrücken, hebt sie vom floridablauen Himmel ab. Achtsam überblickt er den Weg, bevor er sich an den Abstieg durch den Südhang macht. Die Serpentinen schmiegen sich in die Felsen. In der Nähe eines Bauernhofs pflückt eine Frau Himbeeren. Sie schenkt ihm eine Handvoll zum Probieren. Während er sie genießt, fragt sie: „Willst du für uns arbeiten? Ich schaffe in einem Unternehmen, das sich mit Prognosen beschäftigt. Deine Aufgabe besteht darin, daraus eine 10-Tage-Prognose zu gestalten. Du schreibst einen Text und trägst ihn dem Team vor. Deine Texte sollen die Teammitglieder motivieren."

- „Das ist eine dankbare Aufgabe", anerkennt Golo, „wenn ich eine Arbeit suche, schaue ich gern bei euch herein."

Die Stille, in der man meint, das Echo der Grillen zu hören, wird unterbrochen durch laute Musik aus einem Restaurant. Golo nähert sich über einen Wiesenweg. Nur wenige

Gäste stehen im Gartenrestaurant. Die meisten sind im Saal, wo eine ausgelassene Stimmung herrscht. In kurzen, rhythmischen Abständen skandieren sie:

„Liebt euch! Küsst euch!"

Ein Gast sagt zu Golo: „Das musst du dir ansehen."

Golo tritt in den Saal. Die Gäste tragen Hippie-Kleider, tanzen zur Musik aus den Sechziger und Siebziger Jahren, küssen und umarmen sich, sooft sie rufen: „Liebt euch! Küsst euch!" Eine Frau kommt auf Golo zu, reicht ihm beide Hände, zieht ihn zu den tanzenden Gästen. Er löst sich von ihren Händen, schaut, wie sie tanzt, und findet eine eigene Art, sich zur Musik zu bewegen, in die Küsse und Umarmungen einzuschwingen. Mit tänzerischen Schritten verlässt er den Saal.

„Hat es dir gefallen?" fragt der Gast im Gartenrestaurant.

Golo blickt zurück und wendet sich dann ihm zu. „Die Nähe und das Verschmelzen mit anderen Körpern sind ein spezielles Erlebnis."

„Was hast du nun weiter vor?" möchte der Gast wissen.

Golo beschattet mit der Hand die Augen, hält Ausschau. „Als nächstes erkunde ich die Umgebung der Stadt. Es nimmt mich wunder, was es ringsum zu sehen gibt." Er findet einen Weg, der durch die Wiese zur Anhöhe am Waldrand führt.

Das große Erkunden